THE LOST WHALE

消失的灰鯨

漢娜・戈德——著
Hannah Gold

列文・平弗德｜繪　蕭季瑄｜譯
Levi Pinfold

獻給克里斯，我的海洋、我的世界

目次

CHAPTER

01

入境

Arrival

你能來我很高興。

I am so glad you're here.

一踏進洛杉磯國際機場入境大廳，里歐．透納首先注意到的是噪音。機場一向不是個安靜的地方，這個巨大、漫無邊際的怪物，就像是一座正在怒吼的足球場。

接著，他看見奶奶了。

雖然距離上次見面已經過了五年，里歐還是第一眼就認出她：身穿閃亮的青綠色連身長褲，戴著厚厚的黑框眼鏡，留著一頭白髮，高過她身邊的每一個人。

倒是奶奶左顧右盼，過了一會兒才認出。

「里歐？是你嗎？」她走到他面前。「我差點沒認出你。你真的……」聲音逐漸減弱，里歐很好奇她想說什麼，但無論如何，他都不會問的。他帶著防備，雙臂在胸前交叉。

「你辦到了。」奶奶眼裡有里歐無法辨識的東西。

「你能來我**很**高興。」她將里歐緊緊摟入懷中。這不是他習慣的那種擁抱——強烈、溫暖、舒適。尷尬的角度、僵硬的手肘，撲鼻而來一陣薄荷味，里歐數到三就受不了，他掙扎脫逃。

「里歐？」奶奶不安地問，兩頰泛起明亮的紅暈。「好久不見，我知道一切對

WELCOME

你來說都很陌生。住在我這兒，希望讓你有家的感覺。畢竟，我是奶奶。」

一直盯著地板的里歐，只有在聽見最後一句話時，驚訝地抬起頭。聖誕卡片、生日賀卡都有「奶奶」的署名，但是他想不到有誰比她更不像「奶奶」。無論如何，不能和另外一位總是穿厚底拖鞋、喜歡稱呼他「小鴨鴨」的奶奶弄混；他曾經檢查過，自己沒有鳥喙和羽毛。不，眼前的這個人一點都沒有「奶奶」的樣子，他決定直呼她的名字，「芙蘭」。

芙蘭沒聽見回答，儘管天氣不冷，還是搓揉著手，說：「那麼，我們該出發了。」

里歐拒絕讓她接過行李箱——他完全可以自己拿——便跟著她往停車場的方向走。她的車停在一輛滿是灰塵的越野車旁。

里歐爬上副駕駛座、繫好安全帶，咬緊下唇，試著忽略突然想尿尿的感覺。

芙蘭似乎察覺到他的不適，轉頭想說些什麼，但再一次欲言又止。

「媽媽的事我很遺憾。」她清一下喉嚨。

瞬間，里歐的眼眶盈滿淚水，他拚命揉眼睛，不願被芙蘭看見。不想回話的他，盯著窗外。芙蘭遲疑一會兒，隨即轉動鑰匙、發動引擎。他們上路了。

加州是媽媽長大的地方。她在二十歲以前，因為獲得紐約音樂獎學金而離開故鄉。畢業後，在倫敦愛樂樂團擔任小提琴手。媽媽只有帶著還是小嬰兒的里歐回到加州一次。那是太久以前了，他完全沒有印象。

里歐擁有一半的美國血統，這一半讓他非常沒有真實感。他住在倫敦十一年又三個月，說話帶有明顯的英式口音。而今，來到這個充滿陽光、棕櫚樹，以及金色海灘的遙遠國度，他感覺像是一場夢。

里歐一直期待回到這裡。

但不是透過這種方式。

他打開車窗，深吸一口加州的空氣。這在高速公路上並不是一個明智的舉動。他咳得上氣不接下氣，好像有霧霾竄入肺裡。

這就是加州？一切都好**巨大**。汽車、路標、建築物、靛藍而寂靜的天空。車子就像被拎起來，扔進巨人的世界。倫敦是一座大城市，但和這裡是天壤之別。

媽媽常說加州不一樣。她說這裡很平靜，說這裡很適合他，說……

里歐迅速關上車窗。他刻意忽視奶奶想聊天的眼神，緊閉雙眼，努力假裝自己身處另一個時空。在那裡，媽媽沒有把他送到世界的另一端，要他和幾乎不認識的人住在一起。

CHAPTER

02

海灣

Ocean Bay

他唯一聽見的只有海浪沖上岸的聲音。

All he could hear was the wash of the sea.

里歐一定是睡著了，因為接下來他只知道車子熄火了。

「我們到了，歡迎來到海灣區。」奶奶說。

暮色悄然降臨，他得眨眨眼才能看得清楚。奶奶住在海灣的濱海小鎮，距離洛杉磯大約一小時車程。月光灑落在一棟偌大的木造別墅上。那是一棟淺綠色三層建築，擁有不規則的幾何外型。站在它的面前，里歐感覺自己變得柔軟。這棟房子彷彿擁有療癒的魔法，能撫平心裡最尖銳的地方。

他揉揉雙眼。他們在倫敦的公寓實在太小，小到可以把它變成六間，塞進這棟房子裡。

「很漂亮吧？」芙蘭喃喃自語，吐露一絲驕傲。

如果里歐覺得這棟房子很獨特，那他接下來聽見的聲音更是另外一個級別。那是一陣壯麗的、無垠的吶喊，只有非常強大的東西能發出這種聲音。

那是海浪的聲音。

對噪音特別反感的里歐，從未聽過如此飽含能量的聲音。他感覺身體裡有股力量在流動，心中突然湧起一股強烈的渴望，他想擁抱這個聲音，消除困在胸口已久的疼痛與緊繃。

「你會有大把時間到海邊探險的。」芙蘭站在前門台階上朝他招手，「先進來吧。」

里歐不情願地跟著芙蘭走過寬闊的走廊，進入廚房。這裡和他家不一樣，牆上沒有釘得亂七八糟的照片、沒有在學校畫的圖，也沒有購物清單、帶污漬的馬克杯、用過的碗盤，以及吃到一半的薑餅。奶奶的廚房擺滿冰冷的鋼製餐具，閃亮到他能從中看見自己的倒影——一個神情戒備、臉色蒼白的瘦小男孩，頂著一頭無論怎麼梳都不會整齊的淺褐色頭髮。倒影裡唯一明亮的色彩，是他最喜歡的黃色 T 恤——去年媽媽送給他的生日禮物。

一會兒，芙蘭端來一道菜，熱騰騰還冒著煙。「辣味鮮蔬。今天出門前，按照祕密食譜做的。快來吃吧。」

「謝、謝謝。」里歐討厭自己一緊張就顫抖的聲音。他對芙蘭唯一的印象只有她以前是一位校長、一直住在海灣，以及說話帶著美式口音。

「明天我應該可以帶你參觀海灣，或者我們去逛街，或、或是……帶你去碼頭。

去燈塔！那裡可以眺望好幾英里以外的風景。要是你覺得累，那就沿著海邊散步？」

里歐一邊吃飯，奶奶一邊在廚房的另一端滔滔不絕，滿心期盼地望著里歐。

里歐把真正想說的話卡在喉嚨裡。他不是來玩的，也不是來購物的，更絕對不是和一個在他最需要的時候，反而消失無蹤的人一起生活。

幸好奶奶將注意力放在門口的長毛貓。貓的左眼上方有一撮黑色的毛，邊走邊發出哀怨的喵喵聲。

「海盜！你在這裡啊！要不要認識一下我們的客人？」

貓似乎沒有很想認識里歐，儘管如此，里歐胸口某處依然變得舒坦。他一直想要寵物——倉鼠也好——但公寓禁止。他彎下腰，輕柔地撫摸貓咪耳後，接著迎來一陣陣響亮的呼嚕聲。

「這是我的孫子，里歐。他從倫敦過來和我們一起度假。要不要打個招呼啊？」

里歐不確定是奶奶和海盜說話的愚蠢語氣——大人對嬰兒也會發出的那種聲音，還是坐了十二個小時的飛機筋疲力盡，又或者是她用美式英語說出「度假」。可能三種原因都是，他無法抑制發自內心的怒吼：「這不是**度假**！我不是來玩的！

我在這裡是因為我必須要來！」

芙蘭欲言又止。里歐總覺得她想說些什麼，但她只是把海盜趕下餐桌，清理衣服上的白色貓毛。

接著是一陣沉默。

睡覺時間到了，里歐跟著奶奶爬上搖搖晃晃的木梯。隔著牆，他也能聽見大海的聲音。奶奶告訴他浴室的位置——這裡有他看過最大的淋浴間，至少能容納兩隻大象。之後，又帶他爬一段階梯。

「你的房間。」她邊說邊推開門。

這是一間弧形閣樓，里歐最先注意到的是那張雙人床，比家裡的床大多了。一扇方窗，一組深藍色垂直百葉，房間聞起來乾淨、清新，帶有淡淡的消毒水味。

這個房間好平靜，帶有一種溫暖、舒適又熟悉的感覺。他唯一聽見的只有海浪沖上岸的聲音。

他本來以為奶奶說完就離開，沒想到她待在原處，猶豫不決地在門口徘徊。里歐把行李放上床，啪一聲，行李箱打開了，媽媽打包的薑餅散發一股令人瑟縮的氣味。味道如此濃烈，讓人幾乎無法呼吸。

「這是**她的**房間，你知道的。」

「什麼?!」他突然轉身。「這是**媽媽**的房間?!」

奶奶點點頭。「她以前會站著練習好幾個小時。就在窗前，木板上有腳印的痕跡。」

里歐順著她手指的方向，看見地板有一塊暗沉、凹凸不平的地方，木紋很明顯被磨平。如果看得夠仔細，幾乎可以看見一雙腳的輪廓。

他不假思索走到那裡，小心翼翼地將自

己的腳踏上媽媽曾經站立的地方。媽媽很嬌小，他們的腳印幾乎吻合。腳底下的木板好暖和，傳來粗糙而鮮明的感覺。

站在腳印上，里歐似乎可以聽見媽媽經常演奏的那首樂曲。

里歐閉上雙眼，媽媽彷彿站在自己面前，將小提琴頂住脖子，她的眼神如此清澈、透亮……

「我、我很遺憾事情變成那樣。」芙蘭小心翼翼地說。里歐聽見奶奶的聲音，肩頸一陣緊繃，音樂戛然而止。

「但她的決定是對的。」

「她、她、她會好起來的！」里歐氣憤反駁：「我四個禮拜後就回家了，到時候一切都會恢復正常！」

芙蘭想說點什麼，但想想還是算了。

「好好睡一覺吧。明天早上見。」

CHAPTER

03

媽媽

Mum

有時候你得放下自己單方面的想法，做正確的事。

Sometimes you need to put aside your own differences to do the right thing.

一個月前，里歐獲知他得搬到加州。那是十二月某個週二傍晚，他和媽媽坐在沙發上，觀看北極熊的紀錄片。空空的小提琴盒裡，有兩片又厚又軟綿的巧克力蛋糕，旁邊還有一壺茶。

「里歐貓貓。」媽媽遲疑地說。那是她幫里歐取的外號，因為他的耳朵有點尖尖的。

「我、我有件事要跟你說。」

「嗯。」他心不在焉，只想知道能不能吃掉最後一口蛋糕。她那一整塊幾乎都是里歐吃的。

「我需要離開一下。」她說得很小聲，里歐以為自己聽錯了。

「離開？」他一邊看著她，一邊回想上一次離開倫敦是什麼時候。「**去哪？**」

媽媽將一綹紅髮塞到耳後，緊張地嚥下口水。她的臉漲紅。「一間……醫院。」

里歐感到喉嚨緊縮，幾乎無法呼吸。他驚愕地看著她。

「一間醫院？哪、哪、哪種醫院？」

「一間特別的。」媽媽嘆了口氣，一邊拍掉他下巴的蛋糕屑，一邊解釋有些醫院不只診療患有生理疾病的人。那些醫院以無形的方式，提供服務給需要幫助的人。

「醫生說要是我不去……」

里歐不自覺用力吞口水，眼神飄移。心想只要不看媽媽的臉，不看那勉強的微笑和過於明亮的雙眼，其他什麼都可以。

但事情越來越糟。她解釋道，他要去奶奶那裡住四個禮拜。爸爸因為有了小寶寶，不可能去他那邊，另外一個奶奶住的房子只有一間臥室。

「**四週！**」里歐哭喊，突然間有什麼東西竄進胃裡，他覺得好難受。

「但妳幾乎不跟她說話！」

「那是因為奶奶和我非常不一樣，上一次在倫敦碰面……總之，我們就是會意見不合。」

「那妳為什麼要把我送到那裡?!」

「那是最好的地方，里歐貓貓。最**健康**的地方。有時候你得放下自己單方面的想法，做正確的事。」她疲憊地說：「而且，只是一陣子……等我好起來就回來了。」

空氣中瀰漫一陣沉默，重大事件發生前夕的那種沉默。就里歐所知，這種通常是最糟的。

媽媽總是難以捉摸又善變——有時候像笛聲一樣輕快飄逸，有時跟鼓聲一樣哀傷沉重。里歐以為所有的大人都是這樣，直到爸爸說，媽媽**不一樣**。當他追問哪裡「不一樣」，爸爸只說媽媽的腦袋不太對勁。但到底是什麼意思？

暗黑咒語不知從何而來，經常在意想不到的時刻突然來襲，接著持續好幾天、好幾週，這次持續好幾個月。媽媽甚至向管弦樂團請假，她從來沒有這樣過。即使到了金黃色與蔚藍色的秋天，媽媽依然每天把自己關在家裡，害怕外面的世界。

外面的世界，就里歐所知，一如往常。

但媽媽變了。

他從來都無法預料放學回家會發生什麼事。有時候她沒有換外出服，就算換了，也是坐在沙發上，窗簾拉得緊緊的。她最喜歡的孔雀藍色絲巾——參加音樂會一定戴上的那條——經常沾到茶漬。屋內瀰漫霉味、酸味，無論他打開多少扇窗戶，味道好像都散不掉。他想不起來媽媽上一次好好煮飯是什麼時候。

但把他送到加州？**一個人**？

他看了一下四周，裝作很感興趣的樣子。書架擺滿媽媽喜歡讀的傳記，窗戶旁有搖搖晃晃的樂譜，壁爐架上是他七歲生日時在海邊拍的照片。最後，他看著媽媽，發現自己幾乎認不得她。她看起來混亂、恍惚，甚至有點嚇人。

「但是……為什麼我不能和妳一起去？」

「喔，里歐。」她說：「醫院不是小孩該去的地方。」

「妳說我已經長大了！」

「**太**成熟了。」她輕柔回應：「不應該這樣的。你應該和其他十一歲男孩一樣，而不是困在這裡照顧我。」

「但是我**喜歡**照顧妳！」他哭喊：「如果我不想去美國呢？」

一想到要和她分離，他便感到赤裸，好像有人扯下一件他不知道穿了多久的厚重大衣。雖然暖氣已經開到最強，他還是不住顫抖。

媽媽嘆了口氣，手捏鼻樑，「醫院是像**我**這樣……需要幫助的大人去的地方。」

里歐想抗議，直到媽媽改變心意。

但媽媽開始哭泣。可怕的、斗大的淚水滴入她的茶杯，濺了出來。雖然這樣的媽媽令人感到害怕，但里歐依舊握住媽媽的手。這是一隻因為拉琴而長繭的手，是世上最溫暖、最溫柔的手。

里歐從來都不覺得自己勇敢。他深吸一口氣。

「好。」他小聲地說：「我會去。」

CHAPTER

04

電話

The Phone Call

里歐懷疑一切都是他的錯。

Rio wondered if all this was his fault.

里歐以為要花很多時間才能入睡，結果他不但陷入沉睡，甚至熟睡到像是潛入海底。那是一個陰暗而模糊的地方，神祕的聲音在他身旁縈繞。他感覺自己好像得搭乘潛水艇，才能回到水面。

日光穿透百葉、灑落屋內，他開始感到困惑。這張床好柔軟，這裡的空氣好乾淨。窗外傳來的聲音，聽起來不像是馬路的嘈雜聲。

是太平洋！

是地球上最廣闊的海洋。如此之大，大過於所有陸地面積的總和。

里歐跑到窗邊，拉開百葉，驚呼一聲。

在璀璨陽光的照射下，大海顯得格外耀眼：藍色、祖母綠色、綠松石色，浪花像一顆顆鑽石在海面上舞動。海水一路延伸至天際，直到融為一體——看不出來從哪裡開始、在哪裡結束。某種輕盈如氣泡般的液體流經里歐的血管，將最後一絲睡意趕出身體。當他覺得有什麼東西正透過地板傳來，低頭一看，那輕盈冒泡的感覺瞬間消失無蹤。

「媽媽。」他呢喃著。強烈的思鄉之情重擊他的胸口。

他拿起手機。媽媽說過她不能傳訊息。不是因為**不想**，而是醫生認為澈底遠離是最好的方法。要遠離什麼呢？遠離**他**？有時候，在最黑暗的想法裡，里歐懷疑一切都是他的錯。

週日媽媽會打電話到芙蘭家，但不是用手機。依照時差推算，應該是倫敦的下午茶時間。

輕盈冒泡的感覺回來一點了。第一通電話就在今天！

「啊，你來了！」里歐走進廚房，芙蘭試著露出微笑，「睡得好嗎？」

里歐點點頭，空氣中瀰漫新鮮的咖啡香氣，海盜躺平，懶洋洋地曬著太陽。

「心情不好就去看海吧。」她停頓一下。「我不知道你平常早餐都吃什麼。我可以做美式鬆餅、格子鬆餅或炒蛋。你想吃什麼？」

「我、我、我……」他的聲音逐漸減弱。通常他都吃牛奶穀片。如果沒有牛奶，就吃穀片。但里歐不想說這些。

「這樣吧！」芙蘭誤以為他的沉默是猶豫不決。「不如全部都做吧，看到了就有想法？」

里歐睜大眼睛。**全部？**

還沒等他回答，芙蘭從櫥櫃拿出平底鍋，捲起綠色毛衣袖口。當她從抽屜拿出各種烹飪工具時，電話響了。

突如其來的聲音，海盜嚇到跳起來。

芙蘭接起電話，說了幾句話就將話筒遞給里歐。里歐努力阻止自己想把話筒搶過來的衝動。

「哈囉，里歐貓貓。」電話那頭的媽媽輕聲說。

芙蘭忙著攪拌麵粉，里歐走出廚房後門。屋外的天空如此明亮，一顆黃澄澄的圓球高掛天際，比倫敦微弱的陽光耀眼許多。他還是很難相信昨天的他在寒冬中醒來。

他坐在台階上，聆聽熟悉的聲音。媽媽滔滔不絕地分享住院第一天的經歷——她將醫院稱為診所——以及自己做了什麼。這令他感到欣慰。就像下雨天也會讓人感到安慰，這時候人們只想待在屋裡，窩在沙發上看電影。

「真希望我在妳身邊。」他低聲說，抑制哽咽。

「才四個禮拜，很快就過了。下次見面，你可以跟我說你做了哪些事。」

比如哪些事呢？他想問，待在海灣整整四週該做什麼？但他沒有說出口。

「奶奶怎麼樣？」

他匆匆瞥過後門，芙蘭正在攪拌什麼東西。他有好多話想說，最後只選擇最簡單的一句話。

「她不是妳。」

「說不定是件好事。」媽媽用傷心的語氣回應。「里歐貓貓？」

「嗯。」他咬著嘴唇，感覺好無助。

「我得掛電話了，你能幫我個忙嗎？舉起話筒，讓我聽聽海洋的聲音。我已經好久沒回去……我想閉上雙眼，想像自己在你身邊。」

里歐立刻起身。

「等一下！」

他走到海邊，在不失去訊號的情況下盡可能走到最遠。大海的轟鳴與吶喊，彷佛是天空中的一記雷鳴。

「聽得到嗎？」

一陣短暫的沉默。里歐將話筒靠近海浪。浪濤忽遠又忽近。

「可以。」她喃喃回應，「喔，好難解釋，那聲音讓我多麼開心。」

把話筒放回耳邊，里歐很確定自己聽見媽媽的笑聲。

她打了個呵欠。

「媽媽？」他將話筒抓得更緊。他還沒準備好說再見。還沒。

「怎麼了，里歐貓貓？」

「妳、妳會好起來的，對吧？」

她長嘆一口氣。不是心滿意足的那種，是另外一種。然後她說她得掛電話了。

里歐緊盯大海，遠方一艘郵輪駛向汪洋，離他越來越遠。

「拜拜。」他低語。

他坐在那裡好久好久，直到廚房的門打開，美式鬆餅、格子鬆餅和炒蛋的香氣飄了過來。

「早餐好囉！」芙蘭喊道。

但里歐沒有移動。他將膝蓋抱至胸前，一心祈求，只願再次聽見媽媽的笑聲。

CHAPTER

05

藏寶盒

Box of Joy

她說，蒐集這些，是因為它們提醒自己要快樂。

She said she collected them because they reminded her to be happy.

雖然加州陽光很溫暖，但接下來幾天里歐都待在房裡。芙蘭不只一次提議帶他參觀海灣，每一次都被他找到藉口拒絕。或許這樣她就能明白他的意思。

他甚至開始在日曆劃格子。一天過去了，距離和媽媽說話的日子更近了，距離回家也更近了。

然而，即便如此，時間依舊走得很慢。夜晚是最糟的。他會驚醒，腹部有股躁動不安的感覺，不論怎麼翻來覆去都不會消失。有時候甚至強烈到讓他難以呼吸。

禮拜四，里歐站在媽媽的腳印上，試著努力召喚她。敲門聲響起。

「叩叩叩！」芙蘭喊道。為什麼她不敲門就好，還要喊出聲呢？里歐想不透。這只是她另一個煩人的習慣。

「進來吧！」他大喊。

「這是你的衣服。」她探頭進門。

里歐知道應該要心存感激，他早已習慣自己洗衣服。不曉得什麼原因，「謝謝」兩個字就是卡在喉嚨裡。他拿起黃色T恤，湊到面前，卻只感到一陣悲傷，T恤聞起來再也沒有家的味道。

芙蘭將剩下的衣服放在床上，嘆了口氣，露出戴眼鏡的人才會有的滑稽表情。她意有所指地清清喉嚨。

「我知道這對你來說很不容易。」她雙頰微微泛紅。「但我很確定，你媽媽不會希望你整天都關在房裡。」

里歐瑟縮不安。她什麼時候才能明白，他並不想提到媽媽？不想跟任何人談。特別是她。

「我……我想你可能會喜歡？」

他聽見芙蘭離開房間又走回，將某個東西放在床上。某個帶有重量，使床單微微下陷的東西。里歐將目光緊盯窗外的大海，用力到視線都模糊，直到聽見關門聲才回頭。

是一個鞋盒。為什麼要給他**鞋盒**？

他看到右上角的小標籤，上面的筆跡就像一記重拳。

我的藏寶盒

「媽媽？」里歐低聲呼喚，有個沉重、易碎的東西在他心底啪一聲斷裂。

他用手輕拂盒蓋。自有記憶開始，媽媽總是蒐集讓人發自內心微笑的物件。不是昂貴的物品，沒有戒指或首飾，只是一些簡單的小東西：他們一起去海邊的火車票、心型鵝卵石（媽媽說大自然的愛心是最棒的）、一根白色天使羽毛，以及能聽見海浪的貝殼。

她說，蒐集這些，是因為它們提醒自己要快樂。

那時他還不太明白這句話的意思。為什麼快樂需要提醒？跟呼吸一樣自然才對吧？但媽媽說過，快樂對某些人來說並不容易。日子一天天過去，里歐也越來越喜歡幫她蒐集東西，任何讓她忘卻悲傷的東西。

過了一會他才打開盒子。他把手指伸到蓋子底下，撬開其中一角，小心翼翼地打開。鞋盒裡塞滿各式各樣的裝飾品、紙張，甚至還有老舊的絲巾，里歐將絲巾拿到鼻子前，布料纖維裡殘留一絲媽媽的茉莉香水味。

他一個接一個拿出所有東西，擺在床上，圍繞著自己。一張說明貝拉擁有極佳音樂天賦的學校報告、第一把小提琴的收據、各式各樣的生日賀卡、紐約音樂學校的錄取信，以及一張在船上的照片。媽媽的頭髮被風吹亂，臉上掛著里歐見過最燦爛的笑容。還有一張船票。

盒子底部有最後一個物件：一本Ａ４大小的素描本。他知道媽媽閒暇時喜歡畫畫。隔壁鄰居的臘腸狗、飛到廚房窗邊的知更鳥，以及無數張里歐的畫像。但她年輕時候的作品呢？他遲疑地翻開素描本第一頁……

滿滿的鯨魚。

CHAPTER

06

灰鯨

Grey Whales

你為什麼這麼特別？

What's so special about you?

每一頁都是**滿滿的**鯨魚。鯨魚的頭部、躍出海面的身體、吐氣時噴出的空氣。鯨魚在空中轉身、在水面潛行，還有更多鯨魚尾鰭的細節，或是從水面探出頭來的模樣。有些是單獨一隻，有些是鯨魚媽媽帶著寶寶。

里歐望向窗外的雙眼滿是淚水，海面如此平靜。他想起媽媽為了讓他對加州感興趣，曾經和他分享鯨魚的故事。加州一定有非常多的鯨魚，體型和足球場一樣大、心臟和汽車一樣大的鯨魚，牠們沿著加州海岸線往返，年復一年。

「這是一年裡最棒的時刻，每年灰鯨向南遷徙的時候，都會游經海灣。你一定要去看！」

他記得她話語中的興奮之情，彷彿看到鯨魚是世界上最棒的事，甚至比冰淇淋、雲霄飛車、生日更棒。里歐曾懷疑看見鯨魚是否真的**那麼**開心。現在看著這些素描，一股奇特的顫慄感使他精神振奮。

「你們好美。」他一邊喃喃自語，一邊用指尖輕觸畫紙。

里歐慢慢翻閱一頁又一頁。每一幅都令他讚嘆，其中有一幅最特別。

那是一幅鉛筆素描。鯨魚冒出海面，眼睛直視，里歐幾乎相信它在眨動。他盡可能貼近畫紙，好讓自己看得更清楚。

他花了一些時間才明白，為什麼鯨魚的眼神令他感到不安。他懂了，這不像是野生動物的表情。里歐嚇了一跳，這隻鯨魚看起來有「人」的感覺。

正當他準備翻頁時，角落有別的東西。是手寫字，字跡已經褪色，勉強才看得懂寫了什麼。

白嘴

至少有十張素描紙都是畫同一隻鯨魚。每一筆都來自同一份愛、同一份細膩的觀察，最重要的是，每一筆都來自同一份無拘無束的快樂。

「你為什麼這麼特別？」他輕聲問，「你是誰，白嘴？」

只有一種方法能找出答案。

里歐沒有將素描本放回盒子，他小心翼翼地撕下白嘴的畫紙，放進短褲口袋。他和媽媽以某種奇特且意想不到的方式，牽起跨越時間與空間的連繫。

接著，他衝下樓梯、跑出廚房，幾乎沒有時間和芙蘭打招呼。溫暖明亮的太陽，在海面上反射出萬花筒般的光影碎片。

他脫掉運動鞋，跑到溫暖的沙灘上。海邊只見幾個背著衝浪板的年輕女孩。大海的聲音蓋過一切，包括他的思緒。潮水猶如一陣悶雷，衝擊他的雙耳，浪花遠離岸邊，翻騰、摩擦、捲動，都是不同的聲音。

里歐凝望漫無邊際的海平面，除了滾滾浪花和偶爾掠過水面的白色海鷗以外，什麼都沒有。他吐了一口氣，沒有察覺到自己的屏息：大海，這一片波光粼粼的藍色平

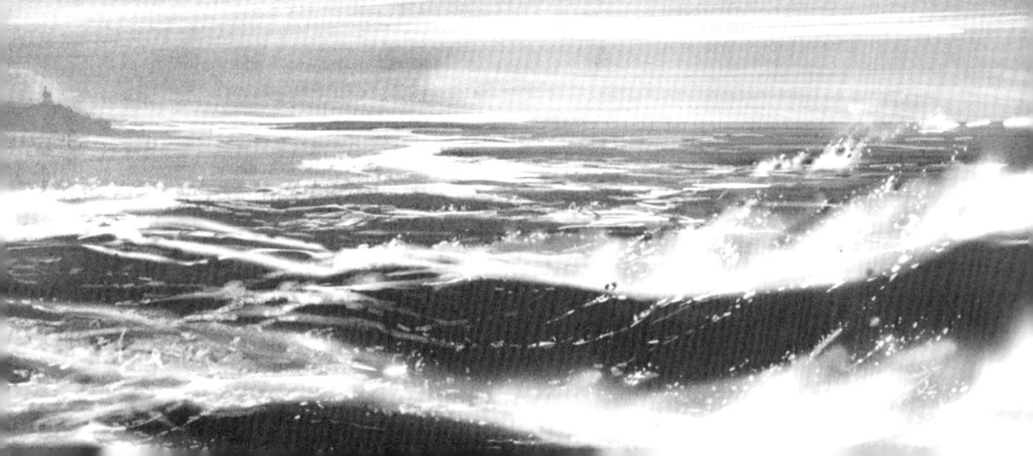

原，藏有媽媽的鯨魚。

他從左至右，一次又一次掃視地平線。他不傻，他不期待會有鯨魚躍出水面，更沒想過看見白嘴。據他所知，白嘴早就不在這個世界了。然而，想要見到白嘴的欲望如此強烈，他盯著、盯著、盯著前方，直到雙眼發疼。但水面就跟他的凝視一樣頑強，平靜且毫無波瀾。

直到……

轟隆。

啪嗒。

碰。

一股巨浪不知從何而來，用力襲擊他的胸膛，讓他翻了個跟斗、跌進水中。

「啊啊啊啊！」

里歐終於再次站起。短褲濕透了，嘴裡都是濕漉漉的沙子。

他伸手檢查口袋。

「不。」他喃喃低語：「拜託不要！」

畫紙不見了。

他驚慌地跪在地上，瘋狂環顧四周。他不可能失去它。不能！

他翻動海沙，手指撞到各種貝類和鵝卵石。沒有用。到處都沒有。就算找到，也被海水毀了。

他哽咽、呼喊，聽見微弱的欷欷聲響。

在他背後十公尺處，有個年紀和自己相仿的女孩，一頭金髮，好像從來沒有梳過。溫暖的日光在她的臉上跳躍閃爍，為她的輪廓勾勒明亮的光采。

女孩一句話也沒說。

只是伸出了手。

好神奇，就像是一個奇蹟，媽媽的畫紙就在她的手裡，整齊地折成方形——就跟里歐摺得一樣。他幾乎就要從對方手中搶過來。

「從你口袋掉出來。就在那裡，差點被風吹走，但我抓住了。」她伸長手臂，「是你的，對吧？」

里歐點點頭，清清喉嚨，尷尬地站起來。「對。」他終於出聲。「是我的。」接著，從她掌心拿起畫紙，感受指尖捎來的暖意。

「對了，我沒有打開來看，如果你想知道的話。」

里歐滿臉通紅。因為這正是他在意的。他遲疑地看著女孩，她和學校同學不一樣，沒有出言嘲笑，也沒有一臉冷淡。她的坦率反而讓人很難不相信她。

「謝、謝謝妳。」他回應道，並為他的私自評判感到羞愧。媽媽曾經提醒不能這麼做。

「你不是當地人吧？」女孩注意到他的口音，「你從哪裡來？」

「倫敦。」里歐吐出濕濕的沙子，「英國。」

「在你習慣以前，不應該靠海這麼近。」她皺眉看著里歐濕透的衣服，沒有惡意。「那裡有一股很強的水流，你看不見的，但它就在那裡，一不留神很容易被捲入。」

「我……我只是……」

里歐發現自己一時語塞。這個女孩有他從未見過的自信。不光是因為那件口袋多到數不清的工裝褲，或是和她眼珠顏色相襯的綠色短袖T恤，還有她的樣子。她彷彿擁有整片海洋。

「妳住在這裡嗎？」

「那裡。」她手指向燈塔的方向，「和我爸爸一起。」她露出微笑，由裡到外生氣蓬勃的笑容。如果里歐是個善妒的人，可能會嫉妒那個笑容以及其中蘊含的一切。

「總之。」她對他眨眨眼，說：「你知道自己需要什麼，對吧？」

他搖搖頭。

「深一點的口袋！」

她笑了笑，轉身離去。

CHAPTER

07

博物館

The Museum

有關灰鯨的一切，都在這座博物館裡。

Everything you want to know about grey whales is in this museum.

「芙、芙蘭？」里歐一回到廚房就喊道。

芙蘭彎著腰、皺著眉，正在玩填字遊戲。坐著的她顯得比較嬌小，看起來也蒼老許多。他第一次注意到她的手指因為年紀而腫脹，他第一次因為沒有表現出善良的自己而感到羞愧。

「怎麼了，里歐？」她放下筆，轉過頭，露出小心翼翼的神情。海盜在她腳邊，警戒著。

「那個盒子……」里歐清清喉嚨。他的嘴巴就和沙漠一樣乾燥，「那個盒子有一本素描簿，我想……我很好奇為什麼……」

「為什麼媽媽畫那麼多鯨魚？」

里歐感激地點點頭。

芙蘭沒有回答，只是折起報紙，然後抓了把車鑰匙。

「我想你最好換一件衣服，我帶你去看。」

里歐不知道他們要去哪裡，但芙蘭開車往市區移動。他到加州好幾天了，除了芙蘭的房子和後面的那片沙灘以外，他哪裡都沒去。小鎮沿海岸延伸，由一條與海岸線平行的棕櫚樹大道貫穿其中。木棧道上，有成群的跑者、散步的人、推著嬰兒車的母親、溜滑板的人、溜直排輪的人、騎機車的人，甚至還有人扮成鯨魚騎單車。

「每年這個時候都有很多觀光客。」芙蘭順著里歐的目光說：「灰鯨吸引來自世界各地的人。」

里歐還來不及問問題，車子已經開進碼頭，一座高聳的白色燈塔矗立在U型港口上方，碼頭裡停滿大大小小的船隻，在海風的吹拂下輕輕搖晃。芙蘭把車停在一棟巨大的方形建築前，正面有幾個手繪字，說明這裡是「海灣區博物館」。

里歐心一沉。她帶他來**博物館**？

他腳步沉重地跟著她走到門口，她推開玻璃門帶他進去。這是一個巨大的洞穴型空間，牆上都是玻璃展示櫃。有一間紀念品店，緊鄰一間小咖啡店。而真正讓里歐大吃一驚的，是中央舞台上方的物件。

屋頂懸掛一具真實尺寸的鯨魚骨骼。

部分骨架以金屬線懸吊，部分由地面支架支撐。這是里歐見過最大的骨骼標本。

比倫敦的公車還大。光是下顎骨的長度就超過他的身高。

「*Eschrichtius robustus*」芙蘭說。

里歐懷疑自己的聽覺是否正常。奶奶沒有特別濃的美式口音，但她現在說的好像是另一種完全不同的語言。

「拉丁文。」她解釋道：「灰鯨的學名。」

里歐有一千零一個問題想問，不知為何全部卡在喉嚨裡。

「你剛剛問了媽媽和素描簿，對吧？」芙蘭提醒他，「太平洋海岸是灰鯨的主要遷徙路線，也就是說，每年大約這個季節，牠們會游經海灣，向南前往墨西哥。大約兩、三個月後，你會看到牠們再次回到北邊，有時還會帶著灰鯨寶寶。」

「那媽媽呢？」里歐屏息詢問：「她都會去看牠們嗎？」

「啊，這就是我要給你看的東西。看到了嗎？」

她後退幾步，指向其中一個玻璃展示櫃裡的舊照片。里歐隔著她的肩膀仔細看。照片裡，開闊的水域上有一艘小船，船上有一些人……包括一位紅色鬈髮、笑容滿面的女孩。

「媽媽！」他喊道。

芙蘭點點頭。「在她差不多七歲的時候，你爺爺帶她去搭船。那是她第一次賞鯨。啊，我還記得她回到家的樣子。她眼睛睜得好大！她看到一頭灰鯨，說那是她見過最神奇的東西，她的笑聲發自內心。從那天起，她天天要我們帶她去看鯨魚。」

里歐看著媽媽的照片。她看起來多麼無憂無慮、多麼健康、多麼**快樂**。他恨不得打開玻璃櫃，把照片貼在胸口。

「當然了，灰鯨不是一整年都看得到，冬天才有。其他時候，你媽媽就會來這裡。有關灰鯨的一切，都在這座博物館裡。」

她正要往下說，房間另一頭有人呼喚她的名字。「等我一下好嗎，里歐？」

他點點頭，標本周圍有英文及西班牙文的展示說明，列出有關灰鯨的資訊。閱讀這些說明，他很快理解：

灰鯨是所有鯨魚種類中體型第七大的。

總共大約有兩萬～三萬隻灰鯨。

牠們的體長大約是十三～十五公尺。
牠們的壽命介於五十五至七十歲之間。
牠們只生長在這個區域—太平洋。
因此，有時候牠們也被稱作太平洋灰鯨，或是加州灰鯨。

芙蘭還在和朋友聊天，里歐將注意力放回媽媽的照片。有一些其他賞鯨船的照片，但都沒有清楚拍到媽媽。只有一張照片有。那張照片的拍攝角度不同，可能是爺爺拍的，畫面中的媽媽靠在船邊，只看得見後腦勺。

海裡有一頭灰鯨。

這張照片有點模糊，而且被太多人擋住，里歐根本看不清楚。只看到一個灰色的痕跡，臉上有明顯的白色記號。

那是**白嘴**。

CHAPTER

08

獵殺

Hunted

為什麼……為什麼是在浪費時間？

Why...Why was it a waste of time?

里歐從口袋裡拿出白嘴的圖畫。很難確定是同一隻鯨魚。如果真的是，一定就能解釋媽媽畫這麼多張的原因。

這是媽媽的第一隻鯨魚——偷走她的心的鯨魚。為她的臉龐畫上燦爛笑容的鯨魚。里歐的視線在照片和圖畫之間來回移動。他心中有個東西被點亮。難怪這張畫被放進藏寶盒。

突然間，里歐渴望了解這一切——不只是關於白嘴，還有灰鯨的一切。他將注意力放到玻璃展示櫃。一開始是海灣區的黑白歷史畫面，接著有一些更壯觀的照片：海豚躍出水面、臉色乾癟的海龜，以及一群一群銀色的魚。

當他看向最後一個展示櫃，他馬上後悔。第一張照片很恐怖，男人拿著魚叉槍，露出瘋狂的笑容，甲板上躺著一隻死去的灰鯨寶寶。里歐匆匆瞥了幾眼，就知道其他都是類似的照片。

船上滿滿都是死掉的鯨魚，地上積滿鮮血、鯨魚被大卸八塊，旁邊是露出微笑且揮舞著魚叉槍的人。

里歐覺得好難受，即使這些照片都是很久以前的。他的喉嚨一陣緊縮。

「大多數人都會覺得難過。」奶奶的聲音從後面傳來，接著來到他的身邊。「看到鯨魚這個樣子。」

「為什麼要這麼做?!」里歐轉向她，「**為什麼?!**」

「那時候人類以其他方式看待灰鯨。」芙蘭皺起眉，「牠們是收入來源，鯨肉、鯨油，就連鯨魚骨都是珍貴的商品。直到不久前，女士胸衣還是鯨魚骨製成的。」

「但、但這樣是不對的！」里歐喘氣，想像媽媽的鯨魚，「人類不可以到處殺害，就為了…就為了想**穿上**牠們！」

「嗯，現在沒有了。」芙蘭說：「總之少很多了。」

「少很多?!」一股情緒在里歐胸膛內翻騰，炙熱的憤怒令他難以呼吸，「妳的意思是還有人在獵殺牠們？」

芙蘭戴上眼鏡，以奇怪又費解的神情看著他。「你和你媽媽真的是一模一樣。」她嘆了口氣。

「哪裡一樣？」

「她對獵殺灰鯨感到沮喪，甚至參加好幾場抗議遊行。」她回答：「雖然我告訴她這是在浪費時間。」

「為什麼……為什麼是在浪費時間？」他憤怒地問：「拯救灰鯨怎麼會是浪費時間？」

「一個女孩能做什麼呢？」芙蘭聳聳肩，「尤其是像她這樣的女孩？」

像她這樣？

「有時候我甚至不覺得她是在抗議獵殺。」她疲憊地揉搓雙手，說：「她是在對抗她自己。你母親……你媽媽曾經——」

砰。

里歐手一揮。他不是故意的。他甚至沒有意識到自己會這麼做，只要能阻止奶奶繼續說下去，怎樣都行。他突然伸出手臂，撞上鯨魚骨骼旁展示各種死去鯨魚照片的玻璃櫃。它搖搖晃晃地抖動著。

在那個可怕的片刻，一切暫時停止。

接著是碎裂聲。

展示櫃倒下，變成上千個形狀各異的玻璃碎片，鯨魚照片散落一地。

芙蘭嚇壞了。她摘下眼鏡看著里歐，彷彿他是個陌生人。

「里歐。」她用微弱、緊縮的聲音詢問：「你還好嗎？」

里歐抹了抹臉，震驚又尷尬地發現自己正在哭。奶奶還來不及多說一句，他已轉身，衝出大門。

CHAPTER

09

碼頭

The Pier

那是一種更加撫慰人心的陪伴。

It was the company of something for more comforting.

離開博物館後的里歐，只能不停奔跑，直到胸口劇烈起伏，雙腿再也跑不動為止。一想到奶奶的臉，還有自己留下的爛攤子，一股強烈的羞愧感襲遍全身。在未來的某個時刻，他不得不承擔後果。

但不是現在。

他來到海邊。沙灘上一群小孩在玩排球，里歐感到孤單。那些人開懷大笑，相比之下，他好像穿上鯨魚骨製成的緊身胸衣，難以呼吸。

為什麼媽媽把他送到這裡？

他環顧四周，彷彿答案會顯現在明亮的空氣中。他會請奶奶把他送上最近的一班飛機，必要時還會**求**她，然後他會去說服醫生讓他住院，他就可以……

他的思緒驟然停止，回到倫敦**到底**要做什麼？他唯一的願望就是讓母親好起來。但無論他放學後多快衝回家，無論為她放棄多少次週末活動，無論他多常做飯，無論他將媽媽的手握得多緊——這些都不夠。印象中，里歐總是在照顧她，尤其當媽媽的朋友不再來家裡以後，他也依然如此。然而，他還是無法讓她不住院。

他失敗了。

里歐忍不住抽泣，他側躺在一張長凳上，蜷縮成一顆球，只希望能回到過去。他想要擁有不一樣的人生——通常他不願意承認——他希望媽媽能和其他人的媽媽一樣，他希望自己可以過正常的十一歲生活。這樣的願望，光是想起就讓他覺得內疚。

他不知道自己縮在那裡多久。可能只有幾秒鐘，可能過了好幾個小時。里歐發現他不是一個人。長凳上沒有別人，不是**那種**陪伴。

那是一種更加撫慰人心的陪伴。

是大海。海浪在沙灘上來來去去。它不只在推移，它也在呼吸。

吸氣、**吐氣**、**吸氣**、**吐氣**。**吸氣**、**吐氣**、**吸氣**、**吐氣**。

和大海一起呼吸的時候，他想起一個念頭。或許是大海將里歐從遙遠的地方帶到這裡，也或許是那個更深沉的聲音。無論如何，計畫如同魔法一樣在他腦中成形。他可能無法阻止媽媽住院，但**現在**開始救她還不算太遲。

里歐從口袋拿出白嘴的圖畫。

這是計畫的一部分。

他要去賞鯨，幫她找到一些鯨魚。

他會幫鯨魚拍照。

他會幫鯨魚錄影。

一隻又一隻美麗的鯨魚！

他要把全部的鯨魚都傳給媽媽。她至少會看一次手機吧？看到就能再次展露笑顏了，和小時候看到鯨魚的她一樣。她總說自己需要提醒才能快樂。那麼，這就是解答！這就是一切的答案！要是鯨魚能讓媽媽開心，那麼或許……或許媽媽就能好起來，不必被關在那間醫院太久。

想法在他的腦中閃現，里歐衝向剛剛經過的賞鯨之旅售票亭。沿著木棧道狂奔，他的思緒盤旋、奔騰，速度如此之快，以至於讓他感到頭暈目眩。

終於，他跑到售票亭了，汗水順著頸子、後背向下流，呼吸夾雜嘎吱嘎吱的聲響。他停下腳步。

售票亭是預約賞鯨之旅的地方。最後一個班次在兩個小時前就結束了，售票亭

早已關閉。下一個班次預訂明天出發。里歐看到價格後嚥了口口水。

即使一個小時也要一大筆錢。他有一些存款，都在英國的銀行帳戶裡。他不能跟奶奶要。千萬不能告訴她這個計畫。

他失望地一拳打上售票亭。他的計畫在開始之前就泡湯。他垂著肩膀走回博物館，努力假裝自己沒有哽咽。

就在此時，他的眼角閃過一抹紅色。

碼頭中央站著一個人，看起來非常眼熟。

是紅色工裝褲、亂七八糟的金髮，以及突出的下巴。

是沙灘上的那個女孩。

她一動也不動站著，鼻梁上架著雙筒望遠鏡，望向大海，有時在筆記本上寫些什麼。里歐忍不住好奇，想都沒想就躡手躡腳地走近女孩。

距離還剩十公尺，女孩似乎察覺到有人注視著自己，突然轉身、環顧四周，直到與里歐四目相對。她快速揮手，要他過去。

「看！」她急忙喊道，一面似乎不意外見到里歐，一面指著地平線上的某個點。

「**快點！**快來不及了。」

她抓住里歐的肩膀，把他轉向大海。空氣中瀰漫著興奮的氣氛，濃烈得幾乎觸手可及。但無論里歐如何凝望遠方海天交融的位置，除了一艘帆船以外他什麼也沒看見。白色風帆在風中飄揚。

「那裡！」她大喊：「尾巴！」

里歐更用力瞇起雙眼。然後，轉瞬之間，他差一點就要錯過。最巨大、最壯觀、最黝黑光滑的尾鰭從水面冒出，隨即滑入海裡。

「鯨魚！」

CHAPTER

10

瑪莉娜

Marina

就像觸摸到彩虹。

Like touching a rainbow.

里歐難以置信地揉揉雙眼。他剛才看見一頭鯨魚。生活在大自然中的鯨魚！雖然很遙遠，但卻是他最難以忘懷的景象。

「那是灰鯨嗎？」他興奮地問，無法相信自己的好運。他的計畫才剛成形，瞧！

女孩點點頭，說：「可以用形狀和尾巴大小判斷。和其他鯨魚相比，灰鯨尾鰭比較圓。」

「妳從這裡看也看得出來?!」里歐不可思議地看著她。

「如果你像我一樣經常觀察鯨魚，你也可以的。」她一面回答，一面在筆記本上寫字，註記一列又一列的數字，以及怪異、難以辨認的線條。「我叫瑪莉娜。」她闔上筆記本，並將它放進其中一個口袋，「瑪莉娜．希爾芙。」

「里歐。」他害羞地伸出手，「里歐．透納。」

瑪莉娜盯著他伸出的手，好像她從來沒有和人握過手。或許真的沒有。正當里歐以為自己犯了個尷尬的滔天大錯時，她伸出手了。握起來很溫暖，意外地很粗糙。

他該回去博物館了。但不知為何，他的腳動也不動，身體反而向她靠近。

「妳在看鯨魚嗎？」他輕聲問。

他以前從未看過人們賞鯨。他不確定那些人看起來是什麼樣子。如果能想像的話，應該就跟這個女孩一樣，有著被海風吹亂的狂野頭髮，以及與美人魚尾巴顏色相近的瞳孔。

瑪莉娜點頭。「我看過很多鯨魚，最喜歡灰鯨。」

跟媽媽一樣！里歐差點脫口而出，但立刻忍住。他不喜歡和任何人談到母親，尤其在學校和比利．詹金斯講了以後。他本來當對方是朋友，但比利告訴其他所有人，結果大家好幾個禮拜都躲他，好像**他**也有問題。

「為、為什麼妳最喜歡灰鯨？」

「我喜歡與眾不同的動物。」她聳聳肩。

和媽媽一樣與眾不同，里歐心想，胸口像被緊緊揪住。「什麼意思呢？」

「有人覺得灰鯨看起來就像一塊堅硬的老岩石，因為牠的背部和吻部附著許多藤壺。」瑪莉娜指著自己的臉，幸好上面沒有藤壺。「但我一點都不覺得牠們醜。鯨魚怎麼會醜呢？牠們是地球上最美麗的動物。」

她堅定地看著里歐，可能是想判斷自己是否說得太多，或是看對方是否要反駁。

但里歐當然沒有不認同的意思。相反地，他的心臟雀躍地跳動著。

「你知道人們怎麼稱呼灰鯨嗎？」她拉低音量，雖然周圍一個人都沒有。

里歐絞盡腦汁回憶博物館的展示說明，「太平洋鯨魚？」

「**友好的**鯨魚。」瑪莉娜搖搖頭。

「但……鯨魚怎麼會友好？」

「因為有時候灰鯨會直接靠近賞鯨船，」瑪莉娜伸出雙臂，「然後讓你**觸碰**。」

「不會吧！」里歐覺得糟透了，瑪莉娜一定在開他玩笑。

「海洋的承諾。最真的承諾。海洋是地球上最強大的東西。比人類更強大。雖然大多數人不願意承認。」

「妳有摸過嗎？」

「只有一次，那是最棒的體驗……就像觸摸到彩虹。」

里歐敬畏地看著瑪莉娜。

「我爸爸經營賞鯨船。」她的眼中閃爍著光芒。「不只如此——是海灣區**最棒的**賞鯨之旅。」

「賞鯨之旅？」里歐驚呼：「妳爸爸？」

即使瑪莉娜注意到他那快要掉下來的下巴，也沒有面露一絲驚訝。「為了看見灰鯨，人們從世界各地來到海灣區。我想這也是你來這裡的原因吧？」

這是個簡單的問題，但里歐不確定該如何回答。里歐凝視她坦率真誠的表情，隨即將目光轉向大海。

慢慢地，答案一波又一波在他的心裡拍打。「對。」他回頭看她，斬釘截鐵地說：「對。我來這裡是為了鯨魚。」

瑪莉娜點點頭。好像不會有別的答案。

「那你還在等什麼？」她俏皮地笑了笑。「要和我一起去賞鯨嗎？」

CHAPTER

11

賞鯨

Whale Watching

賞鯨守則第一條，也是最重要的一條：保持耐心。

The first and the most important rule for a whale watcher is patience.

兩天後，里歐在碼頭等待。瑪莉娜的爸爸正在為船體進行基礎檢修。里歐留在這裡遠觀比較好，瑪莉娜說這樣她可以訓練他。雖然里歐想不透為什麼賞鯨還需要受訓。

不管了。她很快就到了。並且後天就是禮拜天，和媽媽通話時會有很多話題可以分享。

里歐邊想邊感到興奮。

他對奶奶的態度也軟化了一些，他很難長時間對某個人生氣，前幾天他回到碼頭時，發現奶奶一直在找他。奶奶沒有生他的氣，看起來像是鬆了一口氣，甚至因為他的出現而顯得激動。里歐擔任照顧者這麼久，成為被照顧者讓他有點不習慣。

「喔，里歐。拜託別再那樣跑走了。」奶奶說。

接著，給他一個充滿薄荷味的擁抱。

她不僅帶他去購物，幫他買新的短褲、墨鏡，以及對海洋友善的防曬乳，她還借他雙筒望遠鏡。老實說那個望遠鏡又大又重，他還得拍掉蜘蛛網和一隻無家可歸的蜘蛛。

在碼頭等待時，里歐練習用望遠鏡瞭望地平線。

「我喜歡你的短褲。口袋很深，不錯！」

里歐嚇一跳。他完全迷失在自己的思緒中，沒聽見瑪莉娜從後方走來。

「我……呃……聽了妳的建議。」

「但你完全弄錯了。你揮動望遠鏡的方式好像它是一顆毛球。」她拿過他手中的望遠鏡，指向地平線，維持很長一段時間靜止不動。

「像這樣，你要把焦點固定在某一處。賞鯨守則第一條，也是最重要的一條：保持耐心。」

她遞回望遠鏡，里歐默默接過，發現瑪莉娜希望他繼續。他將望遠鏡舉到眼前，不禁覺得自己好像在接受某種考試。就在此時，瑪莉娜伸手幫他調整高度。

「要像這個角度。對。現在，拿穩就行了！」

里歐按照她的指示，集中全力注視，他的眼球好像快要從眼框裡掉出來。

「那裡！」她興奮地指向地平線，「三點鐘！」

里歐想了一下才發現瑪莉娜不是在報時，而是透過指針的位置，引導他觀看的方向。他只看到微弱的水花，沒看到鯨魚。

就算沒有望遠鏡，瑪莉娜的視力也和老鷹一樣銳利。里歐無論多努力觀看，也只能看見白色的浪花、一些勇敢的衝浪客，以及偶爾出現的帆船。

「賞鯨守則第二條：絕不放棄。」她出聲安慰，彷彿同理他的失望。「現在你知道鯨魚在哪了，把望遠鏡往左移一點，保持穩定。等、等……牠們隨時會出現……現在！有看到一柱水花嗎？」

要是瑪莉娜沒說，里歐幾乎就要錯過。他還來不及思考那是什麼，水花就消失了。事情發生得太快，他完全來不及拿出手機，更別說拍照傳給媽媽。

「是鯨魚尾巴製造的水花嗎？」

「不是！」瑪莉娜咯咯笑，「是牠們的呼吸！」

「牠們的**呼吸**？」

「鯨魚比我們想像的更像人類。」她解釋道：「牠們和我們一樣需要空氣，牠們必須游出水面換氣，否則會溺死。你看到的那縷水花，是鯨魚利用噴氣孔噴氣。」

里歐從來沒有想過鯨魚是怎麼呼吸的，更不用說鯨魚呼吸的樣子。但話說回來，他過去的人生並不是在陽光和浪濤聲裡度過的。

二十幾分鐘後，瑪莉娜又看見一隻鯨魚——顯然是大翅鯨——里歐一隻都沒看見。更糟的是，他的手臂因為高舉望遠鏡而開始痠痛。瑪莉娜說得對。他很快發現賞鯨其實困難許多。

「這裡。」她在口袋裡翻找，掏出一只指甲銼、一些口香糖、一枝伯羅牌圓珠筆，還有她的望遠鏡——大小是里歐那台的三分之一。「想要的話可以拿去。」

「真的嗎？」

瑪莉娜看了看他的望遠鏡，做了個鬼臉，「你那副肯定是一百萬年前的！反正我家還有一副。」

里歐將它放進口袋，指尖恰好拂過一張畫紙邊緣，他將畫紙從口袋取出，避免被壓壞。

「那是什麼？」瑪莉娜好奇地問：「如果你隨身攜帶，那肯定是非常重要的東西。」

里歐將畫紙貼近胸前。「是鯨魚。」但沒有說是媽媽畫的。

她點點頭，不是敷衍，而是彷彿明白他心底有話沒說。雖然里歐準備好迎接那些難以迴避的問題，但瑪莉娜只是笑一笑。

「我可以看看嗎？」

他遲疑一下才把畫紙遞過去。讓她看沒有壞處吧？如果他想要與人分享，一定就是這個女孩。

瑪莉娜接過畫紙，在手中輕輕打開。

「喔！」她驚呼：「是白嘴。」

CHAPTER

12

浮窺號

The Spyhopper

他說話的時候，彷彿大地也會靜下來聆聽。

When he spoke, it was as if the earth itself should sit it up and listen.

里歐驚訝到下巴都要掉下來。「妳**知道**白嘴？」他難以置信，這隻鯨魚竟然還活著，甚至有人知道牠是誰。「怎、怎麼知道的？」

「跟我來。」瑪莉娜帶著微笑，將圖畫還給里歐。「我帶你去看。」

里歐來不及反應，瑪莉娜已經帶他走向港口，碼頭裡停靠大小不一的船隻：帆船桅杆在風中嘎吱作響，有甲板上堆放龍蝦籠、散發濃濃魚腥味的漁船，有船體雅緻、船名響亮的巡防艇，也有明顯飽受摧殘、猶如古老遺跡的小舟。

瑪莉娜邊走邊跳，在木棧橋中央停了下來。

「到了。」她說：「歡迎來我家！」

「**這裡？**」里歐沒有掩飾自己的震驚。當她說父親經營賞鯨旅遊時，他沒想過她們住在船上，「妳住這裡？」

「當然啊！」她咯咯笑。「叫『瑪莉娜』[1]的人還會住在哪?!」

這艘船一點也不平凡。

它被漆成灰鯨的模樣。

黑灰色的船身畫有鯨魚的輪廓，逐漸細窄的船尾是鯨魚的尾鰭，船頭有一隻非常逼真的眼睛。甲板上的彩虹旗，隨著微風，輕柔地捲動、飄揚。

「她是最棒的船！」瑪莉娜開心地拍手。

里歐覺得這已超出他的想像。自從他來到海灣，周遭一切變得更耀眼、更大膽。他的人生在發光，亮到不得不眨眼適應。如果有什麼可以讓他更接近鯨魚，答案肯定是這艘船。

「她的名字是浮窺號。」瑪莉娜指著船身側面的手寫字。

「**浮窺號？**」

「灰鯨的習性。」她一邊解釋，一邊伸長雙臂、向下擺動，「**咻！**牠們會把頭探出水面，就像是直立環顧四周。這叫做『浮窺』。沒有人知道牠們為什麼這麼做，這就是我愛牠們的原因之一。」

「妳帶了客人來。」

「爸！」瑪莉娜轉身，模仿水手敬禮的樣子。「你不介意吧？」

---

1 瑪莉娜原文 Marina 有「小船塢、小港口」的意思。

SPYHOPPER

里歐嚥下口水。瑪莉娜的父親和爸爸不一樣——爸爸常穿灰色西裝，閒暇時間不是看足球比賽，就是玩手機。里歐不確定他該如何面對一個住在船上、以賞鯨旅遊為生的大人。他比想像的年長，濃密蓬亂的頭髮夾雜幾縷灰絲，雙頰留著大鬍子。他的皮膚黝黑，眼睛周圍有皺紋，鼻子至少斷過兩次。他身材高大、肩膀壯碩，身穿牛仔靴、白襯衫，以及一件水藍色的背心。

最令里歐著迷的是他的嗓音。低沉，宛如濃郁的黑巧克力。如果低音提琴會說話，一定就是這個聲音。他說話的時候，彷彿大地也會靜下來聆聽。

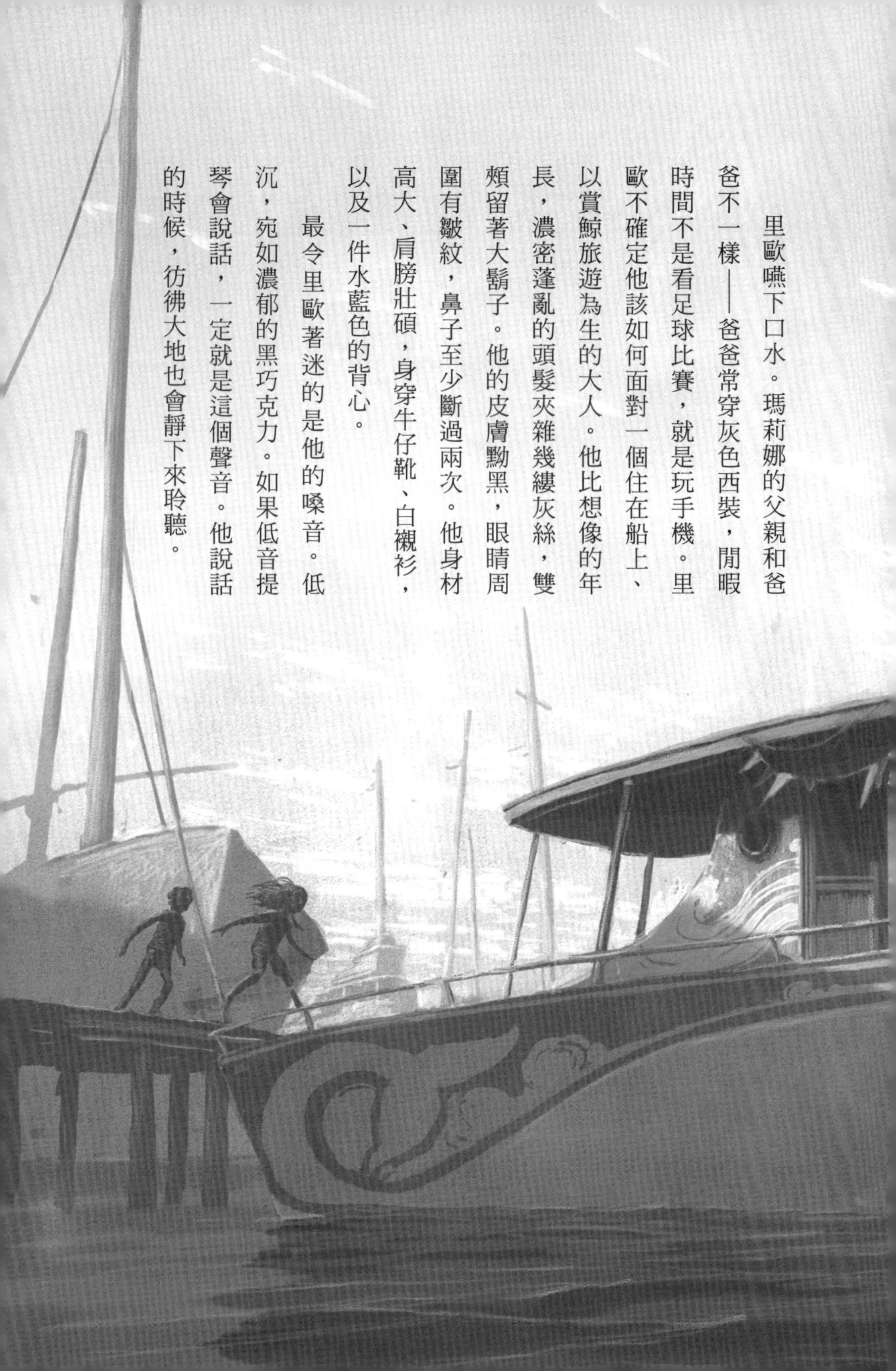

「請上船。」

里歐從來沒有搭過船。浮窺號和木棧橋之間的空隙只有一步之遙，必須跨越水面的一步。誰知道底下有什麼？瑪莉娜不假思索地跳過去，里歐交叉手指、祈求好運，跟著跳上去。

甲板微微晃動，他跳進的似乎不是一艘船，而是另一個世界。他注意到船舵、欄杆內側的堅固長凳，以及通往船艙的三級木階。

「歡迎登上浮窺號。」瑪莉娜爸爸伸出跟熊掌一樣強壯的手。這隻手讓人倍感安心。

「我是柏奇，很高興終於見到你。」

終於？里歐揚起一邊眉毛。

「瑪莉娜一直提起你。你讓她留下深刻的印象。」

里歐內心翻騰。瑪莉娜曾聊起**他**？

柏奇笑了笑，示意他們一起進入船艙。外觀看不出來，船艙裡的空間又大又方，空氣瀰漫咖啡香，以及一股里歐無法辨識的氣味——如果非要替這味道命名，他會說是「航海寶藏」。

船艙裡應有盡有：兩張放有坐墊的長凳面對面擺放，隔開它們的是一張小桌，這張桌子應該可以翻折平放成一張雙人床。兩扇門一個好像是通往臥室，另一個通往浴室。船的另一邊是廚房——這麼說有點誇大。那裡有世界上最小的爐子和冰箱。牆上有一扇舷窗，陽光透了進來。窗戶周圍是各種層架和隔板，塞滿文件、書本、貝殼、小裝飾品，還有雕刻後的漂流木。窗戶對面的牆上，釘著一張太平洋海岸線彩色地圖。

「爸爸？」瑪莉娜出聲。

「里歐想了解白嘴。他有一張她的畫。」

「**她？**」里歐並不意外白嘴是女生。

瑪莉娜點點頭。「女生，母鯨體型大一些。要給爸爸看那張素描嗎？」

里歐從口袋拿出畫紙，他討厭把它交出去。柏奇站在原地好久，專注端詳。

「這是誰畫的？你知道嗎？」

「我……媽媽。」

「你媽媽？」柏奇抬起眉毛，似乎期待里歐提供更多解釋。

里歐只是點點頭，接著將畫紙取回。儘管瑪莉娜和她父親很好奇，但他不可能告訴他們有關媽媽的事。要是他們嘲笑怎麼辦？或是給他那種可怕的、憐憫的眼神？更糟糕的是，不讓他待在船上？他折起畫紙，小心翼翼放回口袋。

「我只是想盡可能了解白嘴。」他說，希望這回答能讓他們滿意。

「坐吧，里歐。」柏奇回應。

CHAPTER

13

快樂鯨魚

Happywhale

不是每一隻鯨魚的外觀和聲音都一模一樣！

Whales don't look and sound exactly the same!

柏奇將一鍋牛奶放在爐子上加熱，從隔間裡拿出一卷地圖，在桌上展開。

「這是灰鯨的遷徙路線。」瑪莉娜一面說，一面幫父親用海螺殼固定地圖。

里歐不太明白這跟白嘴有什麼關係，但還是點點頭。只要能接近媽媽的鯨魚，他願意坐下聆聽任何事情。

「最上面是阿拉斯加。」柏奇指著美國最大州、加拿大上方，「那裡是北極，灰鯨以海洋底棲動物為食。」

「有些鯨魚是上層攝食者，也就是說牠們吃水面的食物。其他，比如灰鯨，是下層攝食者。牠們像這樣張開嘴巴。」——瑪莉娜把嘴巴張得好大——「然後沿著海床滾掃，鏟入好幾噸底棲動物。」

柏奇點點頭，說：「模仿得很棒。妳會是一隻很厲害的鯨魚。但我不建議在餐桌上這麼做。」

瑪莉娜接著說，故意忽略爸爸的玩笑。「灰鯨游過整個東太平洋海岸，從阿拉斯加到加拿大，一路沿著美國西岸向南游，經過華盛頓、奧勒岡以及我們所在的加州，最後抵達墨西哥的潟湖。」

里歐看著那段距離。即使是在地圖上，這段路也顯得相當漫長。

「這是一趟來回一萬到一萬兩千英里的旅程。」瑪莉娜似乎讀到他的心思，「這是地球上距離最長的動物遷徙路徑。沒有人知道牠們如何判斷方向、如何不迷路。牠們腦中似乎有一張海圖。灰鯨比人類聰明。牠們年復一年，南北往返。」

「為什麼？」里歐光是用想的都覺得累。

「夏季，牠們在北方進食，因為食物都在那裡。到了秋冬，牠們前往更溫暖的南方繁殖。」柏奇指著三、四個看起來像是切入墨西哥海岸的水域。

「幾千年來，這是灰鯨的移動路線。對牠們來說，潟湖比開闊的水域安全，是適合繁殖的環境。灰鯨寶寶在這裡誕生，長到足夠強壯以後，和媽媽一起一路游回北方。」

熱牛奶開始冒泡。柏奇加入巧克力粉，這是里歐最喜歡的熱巧克力。瑪莉娜從口袋拿出筆記本，上頭畫滿奇怪的數字和曲線。

「看到了嗎？當我們目擊灰鯨，會把觀察到的細節全都記錄下來。」

「妳不是在賞鯨嗎？」里歐困惑地問。

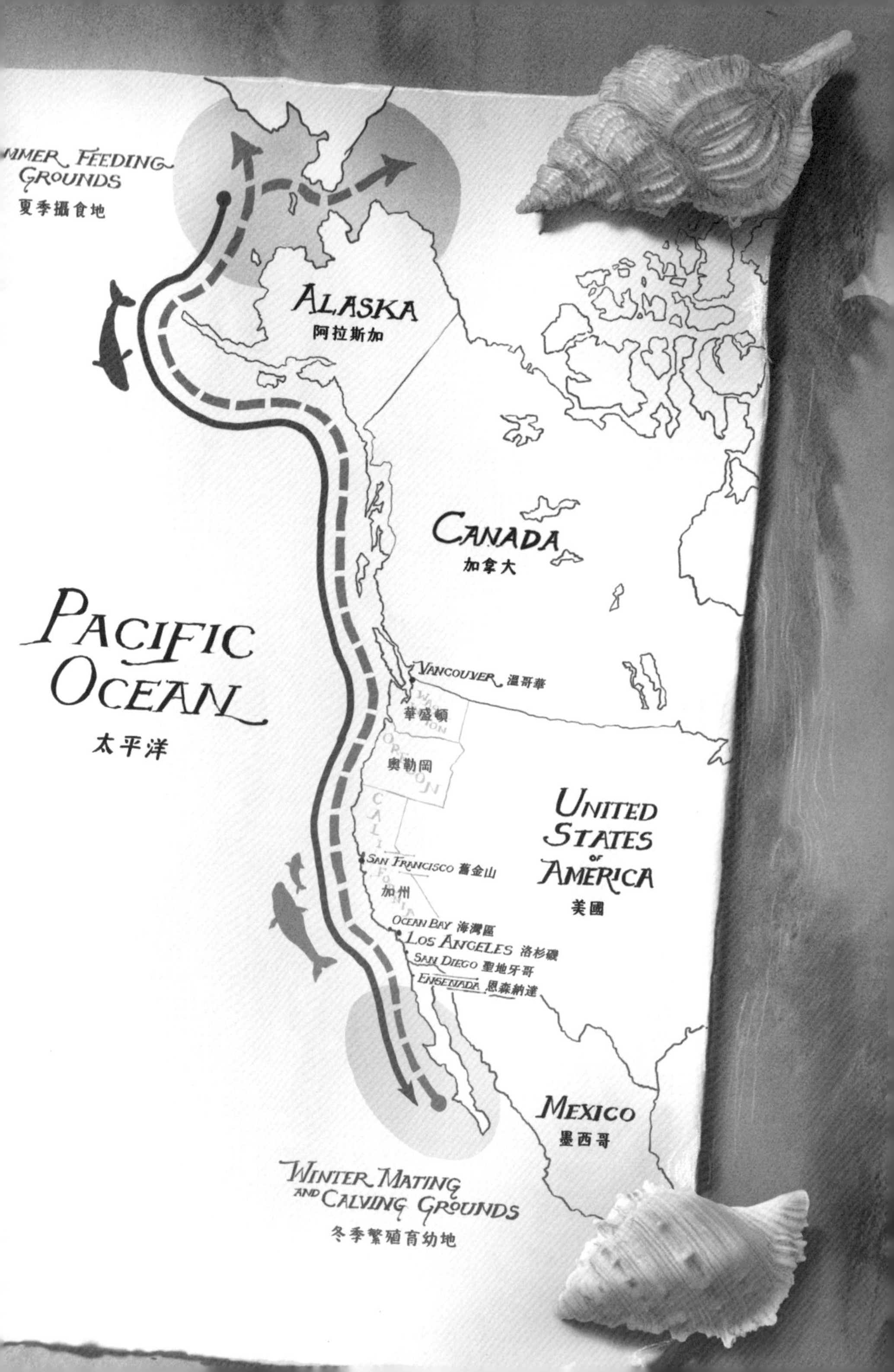
MMER FEEDING GROUNDS
夏季攝食地
ALASKA
阿拉斯加
CANADA
加拿大
PACIFIC OCEAN
太平洋
VANCOUVER 溫哥華
華盛頓
奧勒岡
UNITED STATES OF AMERICA
美國
SAN FRANCISCO 舊金山
加州
OCEAN BAY 海灣區
LOS ANGELES 洛杉磯
SAN DIEGO 聖地牙哥
ENSENADA 恩森納達
MEXICO
墨西哥
WINTER MATING AND CALVING GROUNDS
冬季繁殖育幼地

WHALE MIGRATION MAP
鯨魚遷徙路徑圖

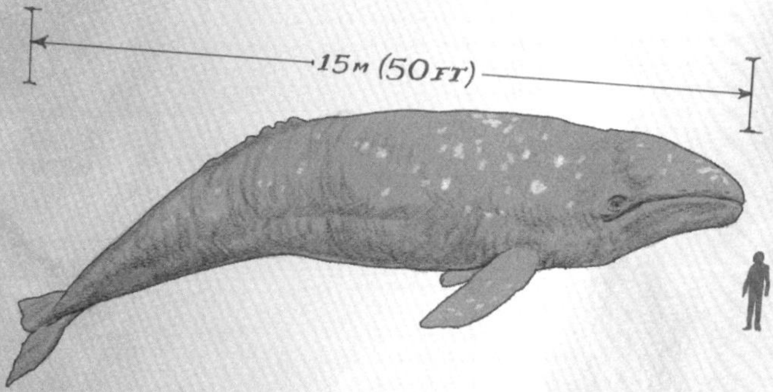

遷徙過程中，灰鯨每天平均移動距離約七十五英里（一百二十公里），平均時速為每小時五英里（八公里／小時）。

牠們在寒冷的北極海域進食，在東太平洋海岸溫暖、受保護的墨西哥熱帶潟湖生產。

這段往返距離總長約一萬兩千英里（一萬九千公里），被認為是地球上哺乳動物距離最長的年度遷徙路徑。

「我們是在賞鯨，同時也在**觀察**牠們。」

「我們追蹤記錄所有前往潟湖、在海灣沿海出沒的灰鯨。」柏奇解釋：「當然，像我這樣經營賞鯨生態之旅的人，能提供很大的幫助。」

「對**誰**有很大的幫助？」

「大約六年前，一位海洋生物學家建立一個鯨魚觀測資料庫。」柏奇回答。「雖然在整個計畫中，計算鯨魚的數量似乎沒那麼重要，但蒐集到的數據對於海洋生物學家、科學家和環保人士來說是相當關鍵的資料，可以幫助掌握鯨魚族群，了解牠們面臨的威脅。」

這很合理。里歐覺得很像是他每年春天的賞鳥作業：數臥室窗外看見的所有鳥類。只是這次觀察的動物體型**大**很多。

「讓你看我們是怎麼進行的。」瑪莉娜從櫃子裡拿出一台筆記型電腦，打開一個叫做「快樂鯨魚（Happywhale）」的網站。

「這個資料庫的特色是**所有人**都能使用，無論年紀或是你來自哪裡。」她接著說：「你不需要是科學家或專家，只要發現鯨魚，將成果上傳網站，照片或是文字描述都可以。現在，太平洋沿岸有成千上萬的人一起數著牠們！」

里歐想起奶奶說媽媽「一個小女孩能改變什麼。」她錯了。當大家同心協力，就能帶來改變。

還有一件事令他感到困惑：「要怎麼區分灰鯨和其他鯨魚?!」

瑪莉娜把飲料噴得到處都是。「不是每一隻鯨魚的外觀和聲音都一模一樣！」她喊道：「閉著眼睛都能看出差異！」

「應該不能**閉著**。」柏奇說：「瑪莉娜說得對，不同種類的鯨魚各有獨特的特徵——體型大小、尾鰭形狀、皮膚顏色、背鰭位置，就連噴氣高度和形狀也大不相同。當你研究各種鯨魚，就會發現牠們截然不同。」

「和分辨每一隻灰鯨一樣。」瑪莉娜接著說：「有些灰鯨的背部隆起或尾鰭有缺口，有些身體表面因為附著物而留下獨特的印記。」

她在電腦上點開一個新的網頁，螢幕出現整個東太平洋海岸線，上頭標記無數個藍色圓點。

「那是什麼？」里歐彎腰、仔細端詳。

「那是最棒的！一顆藍點代表一隻灰鯨！」瑪莉娜激動地回應。

「容易被辨識的灰鯨，可以透過 GPS 定位系統標示牠們被目擊的位置。」柏奇補充。

瑪莉娜點擊其中一個圓點，「有看到這隻鯨魚嗎？」

藍點變得越來越大，直到填滿整個螢幕。

「這是白嘴。」

CHAPTER

14

幸運點子

A Lucky Idea

她的眼神喜形於色！

The way her eyes would light up!

里歐驚訝到說不出話來，只能像魚一樣，嘴巴張開又閉上。

「她從加拿大溫哥華沿岸往南游。」瑪莉娜說：「有人看見她並拍了照片，所以我們才知道是白嘴。」她手指另一個藍點，「不久前，她在舊金山附近。」

里歐感覺身體被人放了煙火。幾天前白嘴只是一張紙，一幅當他距離媽媽千里之外時，將他們連繫在一起的圖畫。

此刻，就在里歐緊盯螢幕的同時，他的內心也起了變化。那不僅是一個藍點，也不再是一張紙。牠是一頭活生生、還在呼吸的鯨魚，一隻對媽媽來說曾經意義非凡的鯨魚。

白嘴是媽媽看到的第一隻鯨魚。博物館的照片讓他明白，白嘴曾經帶給媽媽無限的喜悅。不像他離開倫敦時，那樣傷心憂鬱，關在自己殼裡好幾個小時，做出奇怪舉動的媽媽。是另外一個，那個內心彷彿有陽光照耀，笑容燦爛的媽媽。

再次看著藍色圓點，里歐發現自己看到的不再是一隻鯨魚。他看到了拯救母親的方法。

傳送不同鯨魚的照片是個很棒的點子，現在這個更**完美**。如果世上有什麼能幫助媽媽，絕對就是白嘴。這是最美麗的提醒，讓她想起自己曾經多麼快樂，並且再次感到快樂。

這不合理。至少表面上看起來是。鯨魚的照片，真的能帶來改變？當點子浮現在腦海，他開始無法停止想像媽媽再次看見白嘴、露出笑容的模樣。她的眼神喜形於色！她會多麼開心！

眼下只有一個難題。他要怎麼拍到白嘴呢？應該能從資料庫拿到一些……

瑪莉娜突然笑了。不是那種恐怖的笑聲，而是相當具有感染力、能量飽滿的笑聲，里歐不知為何也跟著笑。

「里歐，你是我遇過最幸運的人！」瑪莉娜笑容如此燦爛，他幾乎能看見她嘴裡的所有牙齒。

「我？幸運？為什麼？」

「你沒發現嗎？」她笑著，手指螢幕，「你沒看到白嘴嗎？」

里歐滿臉困惑地搖搖頭。

「她在這裡！她現在隨時都會經過海灣區。」

「什麼？」

「沒錯！你可能會親眼見到她！」

CHAPTER

15

旅行

The Boat Trip

妳想和我們一起去嗎？

Come with us if you'd like?

「千里迢迢來到海灣區，怎麼能錯過賞鯨呢？」隔天吃早餐時芙蘭說：「你看？連海盜也這麼認為。」

趴在芙蘭腿上的海盜，喵喵叫表示贊同。

里歐鬆了好大一口氣。

他本來擔心奶奶會拒絕。以前，就連過馬路、到超市買牛奶，媽媽都好擔心，更別說搭船。

他今天真的要去看鯨魚。不只是灰鯨，可能還有白嘴！雖然柏奇說機會不大，但是里歐的血液興奮得嘶嘶作響。

他沒有告訴芙蘭也許會看到媽媽的鯨魚，他絕口不提埋在心裡的計畫。他了解大人，他們用邏輯打亂計畫。現在的他不需要邏輯，只需要希望。

「總之，該做些正事了。」芙蘭打斷他的思緒。

里歐歪著頭。去上學很正常。照顧媽媽很正常。去海上？一點都不正常！

「記得隨時穿上救生衣。」她抓起車鑰匙，說：「不要離欄杆太近，也絕對不要把身體探向海面，不要做年輕人會做的傻事。」

里歐還沒回說他不打算做這些傻事時，已經被奶奶催促出門。到了碼頭，柏奇正在棧橋上和一對年輕夫妻聊天。

「嗨！」芙蘭大喊。

「我就知道是妳！」瑪莉娜出現在甲板上，髮絲在風中飛舞。里歐以為她是跟自己講話，但很快發現她其實是對著芙蘭。

「什麼？等一下，吉爾伯特太太是你的**祖母**？」

芙蘭把手放在里歐的肩膀上。「是的，這是我孫子里歐。」

「妳們認識？」里歐驚呼。

不僅如此，從她們溫暖的問候中可以看出她們是**朋友**。當然，和倫敦相比，海灣區很小，但即使再過一百年，他也猜不到像瑪莉娜這樣的女孩竟然是奶奶的朋友。

「吉爾伯特太太以前是我的老師，有她的幫忙，我才能通過去年的科學考試。」

「沒錯、沒錯。」芙蘭生硬地回覆。

里歐還來不及問，瑪莉娜就跳上棧橋和奶奶熱烈交談。他喜出望外地看著兩人。

在瑪莉娜面前，奶奶像換上更強烈、更明亮的濾鏡。奶奶在笑欸！不是那種禮貌回應的笑，而是對瑪莉娜所說的內容捧腹大笑。里歐感到一絲慚愧，他從沒想過奶奶可能也有另外一面。

「你們來了。」柏奇以溫暖的微笑歡迎他們。

「我相信你們會好好照顧他的。」芙蘭緊抓著里歐的肩膀。

「妳很清楚的，浮窺號擁有全海灣區最棒的安全紀錄。」柏奇說。

她點點頭，說：「我不會讓他和其他人去的。」

「妳想和我們一起去嗎？」里歐突然轉向奶奶。「我是說，如果還有位子的話？」

芙蘭很吃驚，要是陽光沒這麼刺眼，里歐敢說她一定臉紅了。

「謝謝你。但……不用了。不是我不想，而是我和船實在合不來。」

里歐點點頭，不確定自己是不是鬆了一口氣。

「那麼，注意安全囉。」她尷尬地對他微笑。「祝你玩得開心。」

柏奇帶里歐和年輕夫妻登上甲板，一小群興高采烈的遊客正等待著。柏奇穿了一件黑色T恤，正面有手工縫製的**浮窺號賞鯨之旅**，以及一個灰鯨圖案。瑪莉娜跳回甲板，里歐發現她的紅色連身褲裡面也是同一款T恤。

遊客有來自費城的年輕夫婦，來自墨西哥邊境的海洋生物學實習生佛南達，以及從芬蘭遠道而來的雙胞胎。大家坐在長凳上，興奮地嘰嘰喳喳。柏奇站到船舵前。

里歐正找到安全可靠的位子時，瑪莉娜急忙向他招手，指向船頭尖尖的位置。

「這裡最棒！」她要他趴在欄杆上，將頭伸出船首，「我們可以第一個看到。」

船首或許是最好的位置，但里歐十分緊張，尤其是當浮窺號駛離碼頭的時候。他不是厲害的游泳健將，他討厭家裡附近游泳池的水位。就算瑪莉娜保證絕對安全，他還是忍不住擔心，要是他們翻覆，或是在大海中迷路了怎麼辦？幸好他把白嘴的畫留在家裡，以策安全。

但來不及想這些。浮窺號在燈塔的陰影下平穩地移動，先是與港口齊平，接著進入開闊的海域。這裡的浪濤更加洶湧翻騰，海浪拍打船頭，里歐的胃一陣抽搐。

他緊緊抓住救生衣，視線穿透海面，直到無法窺探的深處。一開始，除了海水起伏，他什麼也看不見。這個持續移動的量體推拉著船身，潑濺到他臉上。海鹽使他皮膚緊繃，倚靠在欄杆的手肘已經變得痠痛。他感覺不像是離開陸地，而像是進入一個嶄新的世界。

「很棒對不對？」瑪莉娜朝他大喊。

他的雙眼疼痛，每當船往下沉，他的肚子就開始翻滾。

「對。」里歐表示贊同。

大海如此狂野，風將人們的對話往汪洋吹散，里歐感到一股發自內心的呼喚，用盡全身力氣大喊。

「對！」

浮窺號駛離岸邊，里歐身體裡有個東西鬆動了，某個他從未發現、一直被緊緊捆綁的東西。

CHAPTER

16

海上

Out on the Ocean

海洋是牠們的世界。

The ocean is their world.

浮窺號駛向開闊的海面，接著轉向南方，目標是在一個小時內繞回港口。雖然手肘撐著很難受，膝蓋也開始疼痛，但里歐的雙眼始終緊盯海面。

才過幾分鐘，他就看見魚群。銀色的魚在水面下游泳。接著是另一隻，這隻比較大，正在海中疾馳。還有那裡，一條魚短暫躍至空中，迅速潛回水裡，濺起一縷水花。

瑪莉娜戳戳他的肋骨，指向天空中兩隻嘴巴大大的鳥，「鵜鶘。」她喃喃低語，從口袋掏出望遠鏡。「你有注意到牠們鳥喙下緣鬆鬆的嗎？那是用來撈魚的喉囊。你看！其中一隻準備要潛水了。」

里歐拿出瑪莉娜送他的望遠鏡，雙眼緊盯，鵜鶘像是長相怪異的史前生物。他在倫敦的聖詹姆士公園看過，但沒在海上見過。沒有**這樣**見過。牠在天空中盤旋，突然向下衝刺、鑽進水中，水花濺起，再次出現時嘴上叼著一條魚。

「海洋很殘酷。」瑪莉娜似乎察覺到他對這條魚的憐憫。「海洋是地球上最殘酷、最危險的區域。但海洋也面臨著最大的**危機**。」

里歐悄悄瞄著她。他的胃還是翻攪個不停，但瑪莉娜顯得相當自在，她像是一隻美人魚，天生住在大海。他從未有過那樣的歸屬感。

「海豚！」佛南達興奮地大喊：「那裡！！！」

一隻光滑的灰色海豚彷彿從隱藏在海面下的魔術箱裡躍出，下一秒又潛回水中。

「瓶鼻海豚！」瑪莉娜大喊：「有看到牠淺淺的『鼻子』嗎？」

「好多隻！」里歐喊著。突然間，四面八方翻滾、舞動、跳躍的海豚，大海變得好有活力。

「牠們想玩！」柏奇大喊，發動引擎、加速向前。

「看下面！」瑪莉娜說。

水面下，四隻海豚跟著浮窺號悠游前進，毫不費力就趕上船的速度。

里歐好開心，船開得越快，海豚越拚命游，在船頭旁跳躍。世上沒有任何一種語言能夠形容這種感覺，彷彿血液中有魔法在湧動。

比坐雲霄飛車還棒，比媽媽帶他去的遊樂園更棒。這是最好的，未來還會更好。

瑪莉娜大喊一聲，純粹的快樂刻劃在她每一吋臉部肌膚上。里歐好久沒有感受到這種快樂。或許從未想過能再次擁有。

海豚才剛出現，馬上又消失，在柏奇完全關閉引擎之前，船隻已經降速。他們身後是模糊的海岸線。一切好不真實。

少了引擎聲，浪濤拍上船體的聲音變得更加響亮。是深沉的啪、啪聲響。

船上的人不發一語，但並非鴉雀無聲。這是期待的聲音，音樂會開始前觀眾發出的聲

音。氣氛中有一種鮮活的生命力。

「找找看灰鯨。」瑪莉娜低語：「這裡經常可以看到牠們。只要睜大眼睛。牠們可能在任何方向。」

就是這樣。儘管無法保證白嘴會現身，但里歐的心跳加速，他真的希望媽媽能在他身邊。一股強烈的衝動襲來，他緊緊抓住欄杆以穩定自己。她或許不在

這裡，但**他**在，他可以成為她的雙眼。

「要等多久？」里歐輕聲詢問，不確定自己為什麼壓低聲音，只覺得現在不適合大聲嚷嚷。

「不一定。」瑪莉娜低語：「需要耐心等待。」

來自費城的夫婦拿出一台里歐見過最大的相機，忙著掃視地平線，迅速按下快門。雙胞胎和佛南達倚在船的另一側注視遠方，臉上的表情滿懷期待，雙頰在海風吹拂下顯得粗糙。柏奇即便開船出海千百次了，神情依然表露對大自然的敬佩。

里歐好奇自己是否也是類似的表情。大海，彷彿抹去他內在最偏執的自我。

「為什麼停下來？」雙胞胎之一提問。

「關掉引擎是為了不要嚇到鯨魚。」柏奇向大家解釋，「如果看到鯨魚，我們會讓牠們靠過來，而不是我們靠過去。海洋是**牠們的**世界。記住我們只是客人，這點很重要。」

浪濤持續拍打船體，連賞鯨船也在等待。

「我們正在尋找鯨魚噴出的水霧。」瑪莉娜小聲地說：「那是發現牠們最簡單的方法。還記得我說過鯨魚會浮出水面，透過噴氣孔呼吸嗎？」

瑪莉娜從口袋拿出筆記本記錄，里歐透過雙筒望遠鏡瞭望。這把望遠鏡的體積小，功能卻很強大，能將遠方的事物變得異常清晰。原本看起來像白色斑點的東西，變成海面上休息的鵜鶘。遠方，他看到一艘帆船，以及飢腸轆轆圍繞著它的海鷗。

但他沒有看見……

「**鯨魚！**」

CHAPTER

17

心型彩虹

Heart-shaped Rainbows

最棒的魔法。

The best kind of magic.

「在那裡！」瑪莉娜興奮大喊，手指向地平線。所有人一窩蜂湧上，里歐差點弄丟望遠鏡，浮窺號傾斜晃動。

瑪莉娜抓起里歐的手，引導他將目光跟上。「看到了嗎？五點鐘。一隻灰鯨！」

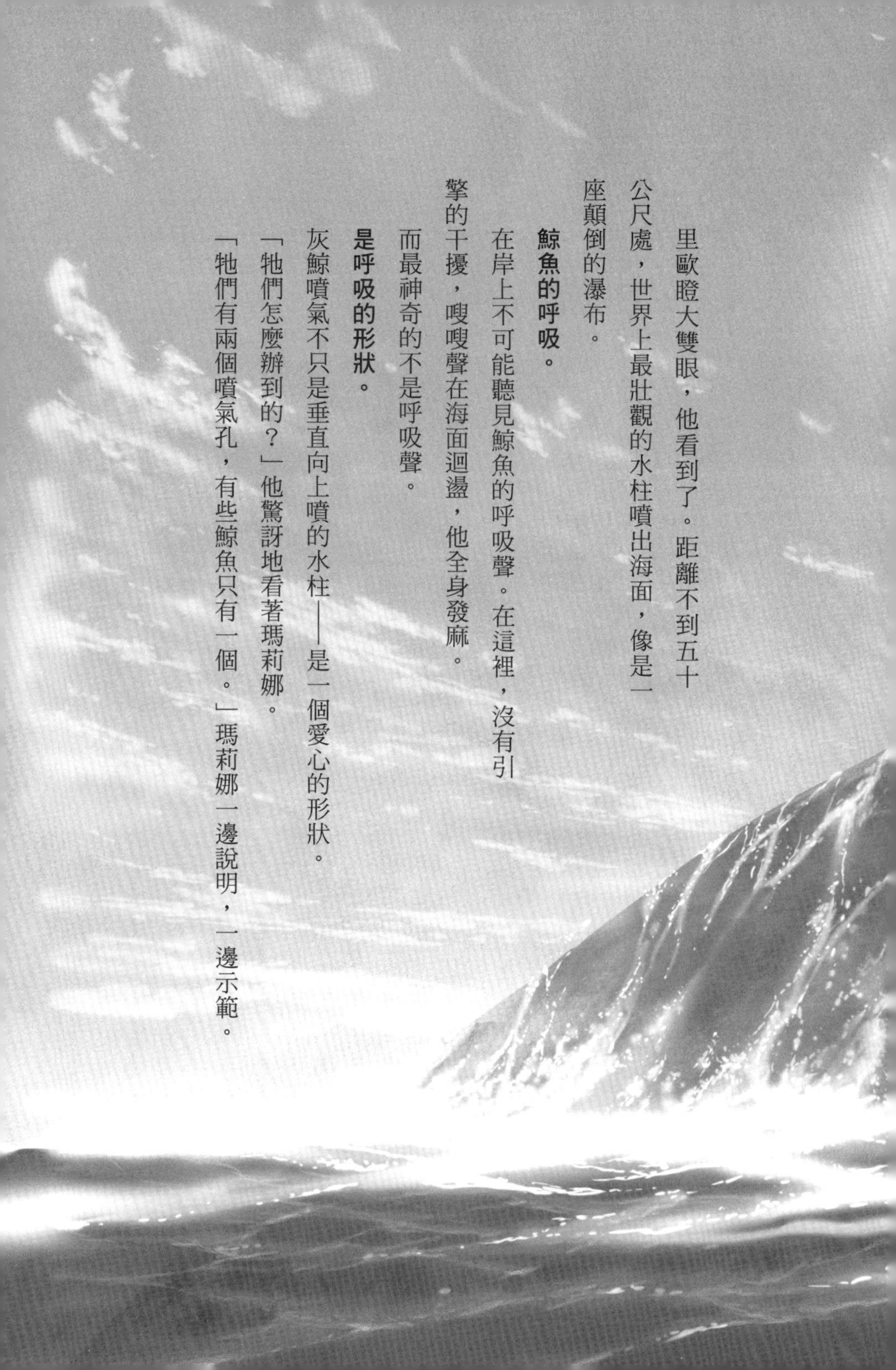

里歐瞪大雙眼，他看到了。距離不到五十公尺處，世界上最壯觀的水柱噴出海面，像是一座顛倒的瀑布。

鯨魚的呼吸。

在岸上不可能聽見鯨魚的呼吸聲。在這裡，沒有引擎的干擾，嗖嗖聲在海面迴盪，他全身發麻。

而最神奇的不是呼吸聲。

是呼吸的形狀。

灰鯨噴氣不只是垂直向上噴的水柱——是一個愛心的形狀。

「牠們怎麼辦到的？」他驚訝地看著瑪莉娜。

「牠們有兩個噴氣孔，有些鯨魚只有一個。」瑪莉娜一邊說明，一邊示範。

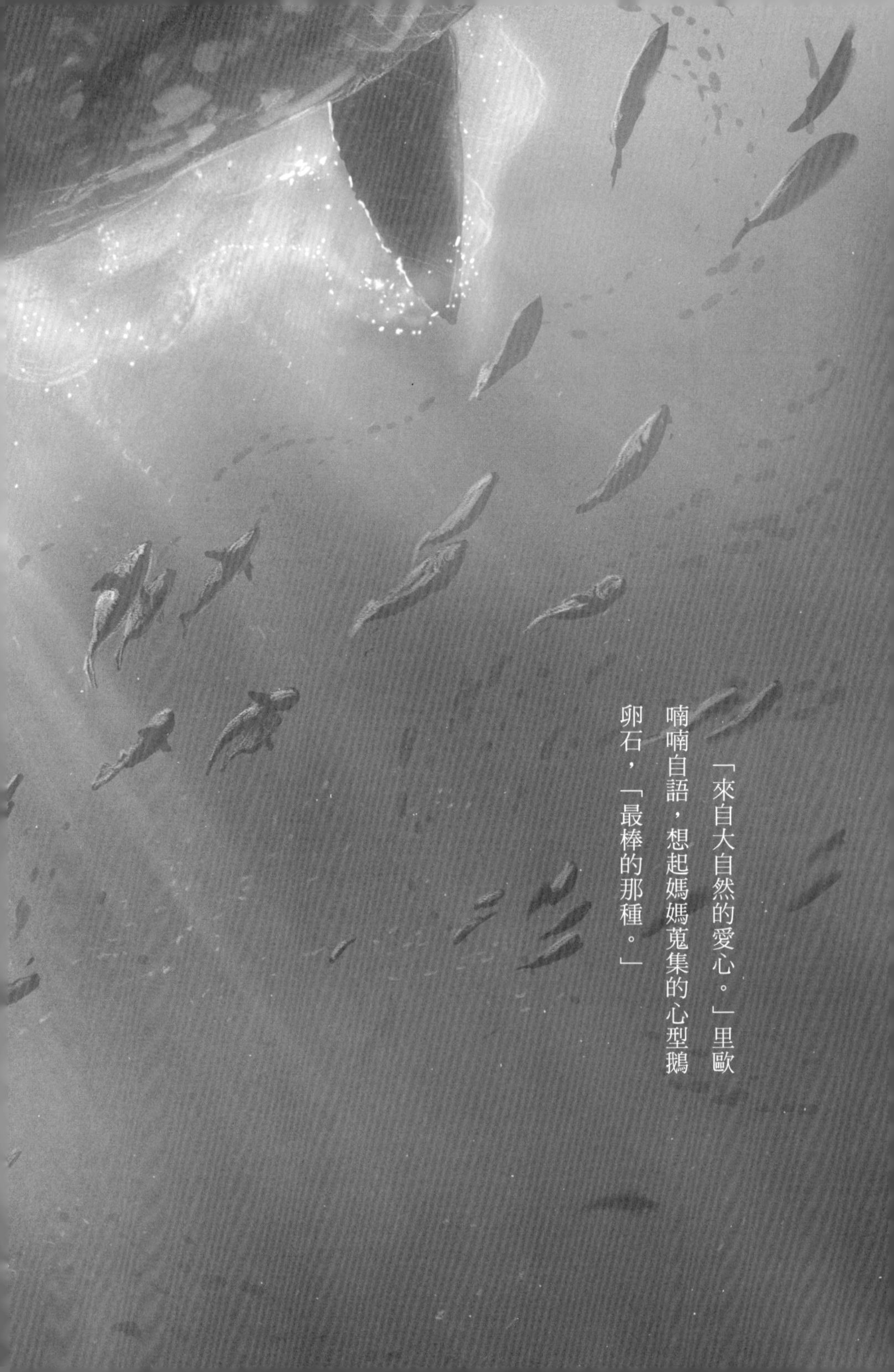

「來自大自然的愛心。」里歐喃喃自語，想起媽媽蒐集的心型鵝卵石，「最棒的那種。」

他再次面向大海，滿心期盼鯨魚現身。

「隨時會浮出水面。」瑪莉娜悄聲說：「現在更要仔細看著這顆心。」

里歐將目光定格在鯨魚出現的地方。日光如此明亮，在閃爍的藍色薄霧中粼波蕩漾。就在他覺得手肘開始疼痛，無法再多堅持一分鐘時，耳中響起了聲音：鯨魚吐氣時發出的急促呼呼聲。這次離船更近，近到有人開始讚嘆。

里歐身體向前傾，忍不住倒抽一口氣。心型噴氣送給他的，是他見過最美的景象。

「一道**彩虹**？」

「不只是彩虹，是彩虹色的心。」

那顆心閃閃發亮，好像是魔法變出來的。**最棒的**魔法。

「噴氣中的油脂與陽光相遇。」她這麼解釋。

照相機發出此起彼落的喀嚓聲，但里歐卻愣在原地。他不知道該如何形容這前所未有的感受。這不是在逛動物園，沒有牆壁或柵欄將他和動物隔開。野生動物帶給人們單純、自由的感覺。

他腦海突然閃過媽媽年輕時在船上的照片，她臉上的喜悅和眼中的光采。難怪！這一刻，里歐終於明白媽媽為什麼這麼喜歡鯨魚。誰不愛能變出彩虹的動物呢？

「牠游走了。」瑪莉娜說：「看牠的尾巴。」

透過雙筒望遠鏡，里歐看到那條巨大的尾巴甩了一下、又一下，然後消失。直到鯨魚離開，里歐才開始猜想那會不會是白嘴？沒有人知道，一切發生得太快，他沒有拍到任何照片。

當里歐責怪自己動作這麼慢的時候，耳邊傳來了聲音。

不是海浪的啪啪聲，也不是相機的喀嚓喀嚓聲，甚至不是海鷗的叫聲或人們興奮的交談聲。是完全不同的聲音。有一道回音從深處繚繞而上，是一種他從未聽過的轟隆聲。

「那個聲音……」

「什麼聲音？」瑪莉娜轉過頭。「海水拍打船身的聲音嗎？」

「不。不是那個。**另一個**聲音。」

「另一個？」瑪莉娜一臉疑惑地說：「引擎嗎？」

里歐搖搖頭，不管是什麼，都已經消失、隱沒在深處。他趴著，手指滑過海水。瑪莉娜在筆記本謄寫時，他有一種輕鬆自如的感覺。真是奇怪，他竟然沒有感到尷尬、害羞或焦慮，或者其他在陸地上有過的情緒。聽起來有點傻，這是他第一次搭船，但他幾乎有回家的感覺。

就算今天沒有見到白嘴，只要知道她可能在附近，他就感到安慰。彷彿此刻媽媽就在身邊，他幾乎能聽見媽媽在他耳邊低語。

那聲音如此逼真，讓他不自覺起身。這不是他的想像，他真的聽見某個聲音，和剛剛一樣的回音。瑪莉娜還在記錄他們看到的鯨魚，柏奇則在解說鯨魚的遷徙習性。

只有里歐聽得見。

潛藏在距離船頭大約三公尺的海面下。

里歐靜止不動，如同媽媽正式演奏前的習慣，他以某種無形的方式，為自己調音。一股電流將他與鯨魚連繫在一起，此刻彷彿靜止，伸出手就能觸碰彼此。

剎那間，鯨魚探出海面，和船體如此靠近、如此突然，瑪莉娜弄掉了筆記本。

「天啊！」

所有人衝到船頭，里歐背後響起相機的喀嚓聲和人們的驚嘆聲。這些都不重要，因為眼前的灰鯨讓人如此熟悉。

「白嘴！」

CHAPTER

18

白嘴

White Beak

這是個徵兆。

It was a sign.

現實中的鯨魚如此巨大、壯碩、令人敬畏，以至於里歐咬到舌頭——鮮血溫熱的金屬氣味充斥他的嘴。光是頭部可能就有里歐全身三倍大，由巨大的上顎和下顎所構成。她的皮膚是黑板的顏色，吻部佈滿淺灰色和白色的斑點。

「是她！」瑪莉娜得意地叫喊：「是白嘴！」

里歐無法回應，只能眨也不眨凝視著白嘴。這不是巧合吧？這是個**徵兆**。一個顯而易見的徵兆，顯示他走在幫助媽媽、讓她好起來的正確道路上。否則，白嘴怎麼會剛好在這個時候出現呢？

鯨魚露出水面的幾秒鐘，時間彷彿靜止。里歐用眼神捕捉到每一個細節：眼睛周圍的皺褶，吻部附著的藤壺形成粗糙、不均勻的團塊，嘴裡充滿白色的網，瑪莉娜說那是鯨鬚。

接著，才剛剛出現，又馬上消失。

「你有看到嗎?!」瑪莉娜開心地跳上跳下，「你有看到她注視你的樣子嗎？」

里歐點點頭，眼神停留在海面上，期盼白嘴再次浮出水面，讓他拍些照片。就等媽媽看到了！就等媽媽發現他找到她的鯨魚了。他急著翻找口袋裡的手機。

其他人圍在他背後，近到能聞到他們的體味。他尋找手機的動作越來越笨拙，如果能往前站一點……里歐不確定接下來究竟發生了什麼。

他只知道自己失去立足點，船頭沒有任何可以抓住的東西，里歐在稀薄的空氣裡直立一會兒，雙臂像風車一樣揮舞。

接下來他知道自己掉進海裡，濺起非常大、非常冰冷的水花。

雖然穿著救生衣，但里歐還是全身沉入水裡。一切太突然又太可怕了，他的第一個反應是呼救。這是一個愚蠢的動作，海水灌進他的嘴巴。他吐出海水，感覺噁心且不停咳嗽。浮回水面後，船看起來離他好遠。他只看得見光滑的灰色船體以及七張非常蒼白的臉。

「**里歐！**」瑪莉娜大喊：「待在那裡，不要緊張！」

不要緊張？來不及了。里歐拚命揮舞雙臂，雙腿死命踢水。他看不見海底，大海像是一口裝滿黑水的井，他覺得自己快被淹沒。

「**瑪莉娜！**」他大吼。一道浪襲來，他驚恐地倒抽一口氣。「瑪莉娜！」

柏奇靠在船邊，伸出一根末端有鉤子的長竿，「保持冷靜，里歐。抓住，我把你拉上來。」

里歐伸出手臂，努力想抓住鉤子。他差一點就可以碰到，突然又來一道浪，粗暴地將他推開。他咳嗽、吐水、作嘔。他又試了一次。儘管拚命想抓到竿子，水流卻不斷把他往後推。

里歐想起自己不是獨自一人。

有一隻十六公尺長的灰鯨在海裡陪他。

瑪莉娜說灰鯨不危險，不會蓄意傷害人類。當你從安全、乾燥的甲板上看著牠們，這麼想是很容易。但當你和牠們一起在海裡，並且牠們的嘴巴比你整個人都還要大時，情況就不同了。

就在他準備進入恐慌模式，里歐聽見聲音，這次的距離更近。他豎起耳朵。這一定不是幻覺：聲音聽起來深邃、幽暗、低沉。一連串轟隆聲傳來，隨後是喀噠聲，然後又一陣轟隆聲和喀噠聲。唯一可以形容的方式就是：像一道漣漪，自水面下方向上爬升。

聲音到底從何而來？

這個奇特、超自然的聲音，讓里歐心存感激。聲音不具有威脅，甚至帶給人撫慰，就像媽媽對他說的床邊故事：遙遠而神祕的大陸、奇特的神話生物。

里歐心裡明白，是白嘴。

彷彿約好一樣，他感覺背部被輕輕推了一下。

他的第一個反應是轉身，但在水裡轉身不容易，他只是一臉跌向海面。他喘氣，吞了一些海水，終於正確挺直身體。

她靠得好近，他看到好多藤壺在她的右側臉龐，白色花紋幾乎覆蓋整個上顎，吻突周圍有點斑駁。他能聞到她——有海水、油脂和魚的味道。他應該感到害怕才對。但不知道為什麼沒有。

「哈囉，白嘴。是妳吧？」

里歐想要伸手觸摸，但又不敢這麼做。鯨魚總讓人抱持某種敬畏，就和媽媽最昂貴的小提琴一樣，只在重要音樂會演奏，她總是收藏在琴盒。

「妳好美。」他的聲音微微顫抖。

一股不知源自何處的情緒湧上他的胸口，如此強烈、如此鮮明，他不得不暫時閉上雙眼。當他再次睜開眼，白嘴就在他的面前，以一種讓人恍惚的眼神注視著他。這不合理，一點都不合邏輯。

但媽媽也是用這種眼神凝視著他。

完整的愛。

認為這種愛來自動物，聽起來或許有點奇怪，尤其來自不被人類善待的野生動物。但又不那麼奇怪。事實上，愛好像一直都在，永遠都在。這種連結和歲月一樣古老、和大海一樣深邃。

船上人們的呼喊越來越大聲，也越來越刺耳。里歐的雙腿疲憊不堪，眼睛刺痛得幾乎看不清楚。儘管如此，他還是不想回頭。還不到時候。

「我……我……」他想說點什麼，又不知道該說什麼。人類能對野生動物說什麼呢？白嘴最後看了他一眼，然後慢慢低下頭。

海水讓里歐全身痠痛。白嘴輕輕按壓他的胸膛，默默推了一把，將他推到船邊。整個過程，里歐的視線一直緊盯著白嘴，直到她潛入大海，消失在水面下。

儘管里歐就在浮窺號附近，瑪莉娜靠在船側大喊，要他抓住竿子，但里歐一動也不動。他盯著海面上的漣漪，這是白嘴曾經待過的痕跡。他感到疑惑，為什麼覺得好孤單？

突然間，他被拉離海面、拖到船上。一到甲板他開始咳嗽，吐出一口海水。他的眼睛刺痛，皮膚又皺又冰冷。

「我邀請你來賞鯨。」瑪莉娜蹲在里歐旁邊，說：「但沒有要你跳到海裡。」

CHAPTER

19

微笑

Smiling

我的鯨魚？

My whale?

「你知道嗎？」那天吃晚餐時，芙蘭說：「這是我第一次看到你在笑。」

里歐用手指輕觸嘴角，他完全沒發現。沒錯，他的嘴角上揚。這實在太不尋常。

「灰鯨，是地球上最壯觀的動物之一。跟其他野生動物一樣，牠們擁有超越一切的能量。」

里歐抑制不住亢奮，和她分享與灰鯨面對面的經歷。但他刻意不說那隻鯨魚就是白嘴，以及掉進海裡。那些他保留給自己。

「我還記得第一次看到鯨魚。」芙蘭喃喃地說：「哇，好久之前了，印象依然深刻。」

她露出一種恍惚的神情，和其他賞鯨者的表情極為相似，相似到里歐差點就要邀請她加入幫助媽媽的計畫。或許她能幫忙也說不一定？

電話鈴聲響起，他仍掙扎是否要說出口。

對了，今天是禮拜天！自從見到白嘴，他整個人呈現歡快的狀態，現在才意識到，這是等了整整一週的電話。媽媽改成傍晚打來，代表她那裡一定很早。

跟往常一樣，芙蘭接起電話，遞給里歐。

「媽媽？」里歐跑到後門台階，太陽緩緩落下。「妳猜我今天見到誰？」他興奮得一秒鐘都忍不住。「妳一定猜不到，是白嘴！妳的鯨魚！我在海裡看到她了！」

他喘口氣，心臟噗通噗通跳著，像是雨滴打在胸膛。他等著她回應，等她說些什麼。

「**媽媽？**」

「我在。」她的聲音聽起來好遙遠，里歐得將話筒緊緊壓在耳朵上。

「你去海上了嗎？」

里歐忍住不嘆出聲。他忘了有時候得複誦剛剛說過的話。**沒關係的**。他這次會講慢一點，從頭到尾描述整個故事。

「我在碼頭遇到一個女孩。她叫瑪莉娜。她帶我去她的船上賞鯨……」

「你去碼頭了？」

「對……我去了碼頭，遇到一個女孩叫瑪莉娜。」

「瑪莉娜，真好聽的名字。」

太陽就要碰到大海了，里歐緊接著說：「媽媽有聽到嗎？我看到白嘴了！我看到妳的鯨魚了！」

「我的鯨魚？白嘴。**我的**白嘴嗎？」這是第一次，她的聲音充滿希望。

「沒錯。妳的白嘴。」

天空滿是耀眼的金色光芒，太陽瞬間沉入海裡。

「我今天看到她了。」

接著是一段長長的沉默，里歐的心臟跳得好快。最後他聽見一個很細微的聲音，媽媽的微笑。

CHAPTER

20

寄照片回家

Photos Home

我找到妳了。也或許是妳找到我。

I found you. Or maybe you found me.

睡前，里歐趴在床上用奶奶的筆記型電腦。幾天前他和奶奶借用，說要做學校功課。這不是謊話，因為學校真的寄了作業。但他要做的是另一種研究：白嘴。他的手機躺在太平洋海底，幸好費城夫婦會寄給他照片。

拜託寄來了。

里歐耐不住性子，頻頻按錯鍵，終於登入電子信箱。

有了！照片來了！

他驚呼一聲。這些照片令人讚嘆，比他用手機拍攝的好太多了。他想像自己再次進入大海，與一隻野生灰鯨面對面。

不只是一隻灰鯨。是白嘴。

她就在船的旁邊，貼著水面，幾乎可以看到她身體的輪廓。她大到令人嘆為觀止，是他見過最龐大的生物，比浮窺號大得多了。里歐放大照片，仔細觀察能看到她吐露的溫柔。她的溫柔與體型無關，來自她的內在。

「妳不只是一隻灰鯨，對吧？」他低語著，邊說邊輕觸螢幕。「妳和我們一樣。」

他覺得自己有點蠢，鯨魚不是人類。但白嘴真的很特別。不只是她凝視他的舉動，也有她把他安全推向船邊的動作，好像白嘴照顧著他、關照著他。不知為何，他的喉頭一陣緊縮。他來到海灣區才一個多禮拜。直至今日，這是他生命中最孤單的一週。

突然間，里歐覺得沒那麼孤獨。

「我找到妳了。」他溫柔呼喚：「也或許是妳找到我。」

他走到窗邊，站在媽媽的腳印上，遠望大海。唯一令人感到傷心的是，他再也見不到她了。瑪莉娜解釋過，白嘴就跟其他灰鯨一樣，在前往南方瀉湖的路上經過海灣，能見到她純屬偶然。儘管這次相遇很短暫，或許只有幾分鐘，但里歐知道他將永遠記住這段經歷。

「妳幫助了我，現在妳也要幫助媽媽了。」

下次和媽媽講電話是兩週後，因為下週日她要去上特別的課程。兩週，將是一段漫長的等待。到時候她應該好多了。

尤其他已經寄出白嘴的照片。還有什麼更好的方式可以提醒媽媽，小時候的她有多麼快樂？更重要的是，她可以再次那麼快樂……。

上次聯繫時，里歐沒有提到照片，如果一次告訴她太多，她會有點困惑。這將是一個特別驚喜。試了幾次，他終於寫出適合的內容。他決定言簡意賅就好。

親愛的媽媽：

這裡有一些白嘴的照片。她今天游經海灣，我親眼看見她。除了妳之外，她是我見過最不可思議的生物，我的內心好快樂。

希望她能讓妳感到開心。

愛妳，

里歐貓貓 ×××

里歐笑著寄出郵件，在日曆上劃掉一格。距離媽媽康復回家的日子，只剩三週。

CHAPTER

21

獨特的聽覺

Special Hearing

來吧，他不會錯的。

Come on. He couldn't be wrong.

「準備好了嗎？」瑪莉娜問。她臉上掛著的微笑帶有冒險的意味，以及上了一整天課的額外獎勵。那是一場午後的賞鯨之旅，她堅持里歐加入她和柏奇一起出海。他也沒打算拒絕。除了他們三人以外，船上還有一群日本遊客、一位來自華盛頓的老師和一對來自蘇格蘭的中年夫婦。

跟昨天一樣，柏奇將浮窺號駛向南方，遠離碼頭等繁忙區域。今天海浪洶湧，浪花拍打船身，偶爾有滔滔白浪在海面上跳動。

雖然里歐的肚子忍不住翻騰，但他沒有暈船。很難想像他曾經害怕大海。海洋的一切變得更大也更加明亮。太陽彷彿上升一個等級，在世界的表面鍍上一層薄薄金光。

過了十幾分鐘，柏奇在到達目的地後關閉引擎。儘管船上載滿另一批完全不同的遊客，但空氣中一樣充滿期待之情。如此熱切，里歐幾乎能嚐到它的滋味。

然而，不像昨天，這次少了點什麼。

鯨魚。

整整半個小時，船靜靜地上下搖晃，但一隻鯨魚都沒出現。沒有尾巴、沒有浮窺、沒有水柱，也絕對沒有心型彩虹。

「事情就是這樣。」幾位乘客顯得不耐煩，瑪莉娜說：「鯨魚不會按照人類的時間工作。」

里歐很想表示認同。他真的很想，但實在很難平息心底的失望。他渴望看見更多鯨魚。他發現不僅是為了母親，也是**為了**自己。遇見瑪莉娜、登上浮窺號，帶給他長期不曾擁有的快樂。一個能擁有從未想像過的生活的機會。他在海灣區的這段時間裡，瑪莉娜還會邀請他賞鯨嗎？柏奇說過，接下來幾週他們會非常忙。如果，這趟旅行是里歐最後一次看到鯨魚？

接著，他聽到了喀噠聲。非常細微，一開始他以為自己聽錯了。又來了！又一聲喀噠聲。里歐側耳傾聽，跟昨天的聲響一樣。先是一陣長而雜亂的咯咯聲，然後是一系列短促、尖銳的喀噠聲，接著是聽起來像低音鼓的噪音。

他轉身掃視水面。然而，無論他多麼仔細觀看，眼前什麼都沒有。他還是聽到了一些聲響。他很**確定**自己聽到了。是從哪裡傳來的？

就在那裡。聲音來自那裡的水面下。

「那裡有鯨魚！」柏奇準備發動引擎，急忙喊道：「五點鐘。」

瑪莉娜用力瞇著雙眼，朝里歐指的方向看，「我什麼都沒看到。」

「那裡有一隻。我聽得到。」他急忙說：「**就在那裡！**」

就在此刻，一隻巨大的、佈滿藤壺的鯨魚從海中冒出，正是里歐所指的地方。

「是浮窺！」有人大喊。

鯨魚環顧四周，然後壯麗地沉入浪花之下。船上的人突然活躍起來，拍照、熱烈地聊天。瑪莉娜好奇地看著里歐，彷彿他是她試圖解開的一道謎題。

「你怎麼知道鯨魚在那裡？」

「我聽到了。」他回答：「妳沒有聽到嗎？」

「你**聽不見**牠們的！」

「為什麼？」

「人類無法聽到灰鯨的聲音。」瑪莉娜解釋：「牠們發出的聲音太低了。就像你聽不見犬笛的聲音一樣。這是不可能的。」

里歐回想當他在水中，聽見聲音從他腳底傳來的那一刻。那一定是白嘴的聲音。

他剛才聽到的聲音，一定是那頭鯨魚發出的。就像他可以透過空氣中電流的劈啪聲，感知暴風雨即將來臨。媽媽說他有貓咪的耳朵。

「但我真的聽到了。我發誓我聽到了！」

「你在大海上發誓？你**發誓**你能聽到牠們？」

「海洋的承諾！」

「好，現在呢？」瑪莉娜問：「聽得到嗎？」

里歐閉上雙眼。他全神貫注屏除浪花拍擊船體的聲音、乘客的談話聲，以及瑪莉娜強烈的眼神。

一開始他什麼也沒聽見，心裡萌發一小顆懷疑的種子。會不會他搞錯了？接著，一陣喀噠聲出現了。雖然微弱，但肯定是。咯咯聲。又一次喀噠聲。現在只需要弄清楚方向。

「十一點鐘。」他斬釘截鐵地說。

瑪莉娜轉身用銳利的目光緊盯著海平面，搞得里歐忍不住發抖。海面風平浪靜。

他嚥了口口水。**來吧**，他不會錯的。

依舊沒有動靜。

然後……一道水柱噴向天空。

瑪莉娜回過身，敬畏、驚訝地看著里歐：「你真的聽得見！」

CHAPTER

22

邀請

Invitation

歡迎加入浮窺號。

Welcome to the Spyhopper crew.

剩下的時間裡，瑪莉娜和里歐興高采烈地做起實驗。那聲音聽起來怎麼樣？能描述一下嗎？要距離多近才能聽見？瑪莉娜甚至在筆記本畫圖表，標示距離。

「這是船上的我們，最遠的鯨魚在這裡，我猜大概是一百公尺。」

「我只聽到非常微弱的聲音。」

「還是很厲害啊！」瑪莉娜注視里歐的眼神，像星星一樣閃亮。「我打從出生就住在海上，**從來沒有**聽過鯨魚的聲音。而你可以！」

里歐難以置信地搖搖頭。想到自己千里迢迢來到世界的另一端，發現如此不尋常的能力，真的是太詭異了。浮窺號回到碼頭，柏奇才剛開始下一步動作，瑪莉娜立刻跑到他身邊、抓住他的手臂。

「爸！你一定猜不到！里歐能聽到灰鯨的聲音！」

里歐以為柏奇會馬上反駁。大人聽聞看似牽強的事物時，經常做出類似反應。但他完全沒有，反而瞇著眼，若有所思地咬著嘴唇。

「第一次出海，我就知道你有一些特別之處。」他暫停一下。「你有大海的耳朵。」

瑪莉娜抬頭看著爸爸，兩人之間有什麼在交流。里歐不清楚到底是什麼，只感覺空氣中懸浮無形的話語，一場對話在看不見的地方進行。

「我只知道有一人能聽到灰鯨的聲音，是多年前認識的墨西哥友人，他住在潟湖。」柏奇說。

「一定是因為管弦樂團，那是我長大的地方。我媽媽……我媽媽是小提琴家，現在也是。可、可能是這個原因。我只是聽到了不同的聲音。」里歐說。

這是最符合**邏輯**的解釋——在音樂家陪伴下長大的事實——但還有別的觸動了他的內心。他有一種預感，彷彿自己為此而生；就像媽媽為管弦樂團而生，瑪莉娜為海洋而生。顯然，出於某種他尚不明白的原因，里歐天生就能聽到灰鯨的聲音。

柏奇一語不發走進船艙，接著回到甲板上。他遞出一件熟悉的黑色T恤，正面有灰鯨圖片，以及手工縫製的「浮窺號賞鯨之旅」銀色字樣。

「歡迎加入浮窺號。」柏奇將T恤交給里歐。「你願意加入我們嗎？我們需要一雙眼睛和一對耳朵的幫助。」

「但是……我只會在這裡再待三週，然後就要回家了。」

「沒關係。」柏奇回答：「像你這樣天賦異稟的人，計算鯨魚一定可以幫上大忙。」

「拜託答應吧，里歐！」瑪莉娜說：「有了你，想像我們能拯救多少隻鯨魚！」

「拯救？什麼意思？」里歐好奇地問：「人類不再像以前那麼頻繁獵殺了，不是嗎？」

「沒錯。但不幸的是，我們依然以各種方式傷害牠們。」柏奇說。

「太多塑膠進入鯨魚和海豚的肚子了。」瑪莉娜氣憤地搖頭，說：「通常，牠們以為那是食物。」

「不只是塑膠。『快樂鯨魚』網站蒐集到的數據，顯示地球氣溫上升不只影響了灰鯨，還有其他鯨魚的飲食和習性。」柏奇補充。

塑膠污染和氣候變遷是里歐在學校學到的內容。但坐在寒冷的教室、看著網路上的圖片，和真正在太平洋的賞鯨船上相比，簡直是天壤之別。

「氣溫上升對牠們造成什麼影響？」

瑪莉娜注視他很長一段時間才回答：「加速牠們的死亡。」

「死亡？」

「對人類來說，我們隨時能離開大海。但鯨魚不行。烏龜、海豹、海象、海獅或海豚都不行。牠們被困在海裡。」

柏奇輕拍瑪莉娜的肩膀。「如你所見，我女兒對這個主題非常投入，也很有正義感。」

「這就是我為了科學測驗努力讀書的原因。」她驕傲地說：「長大後我想成為海洋生物學家。我想貢獻能力拯救海洋！在那之前我要盡己所能觀察鯨魚。」

「我們蒐集到越多數據，就越能幫助人們意識海洋正在面臨的危機。認識就是改變的核心。」柏奇接著遞出T恤。「沒有人可以單槍匹馬拯救世界。我們齊心協力，也許還有機會。里歐，你真的能提供很多力量。」

瑪莉娜和柏奇如此懇切、如此滿懷希望地看著他，他的心隨之顫動。需要他照顧的不再只有媽媽，還有整片海洋。里歐將T恤套在他的黃色衣服上，他穿上的不只是一件T恤，更是一個嶄新的身份。

CHAPTER

23

訓練

Training

但海洋不只是一張圖表，它是數百萬個動物的家園。

But it wasn't just a graph. It was home to millions of animals.

接下來幾天，柏奇和瑪莉娜教導里歐觀察鯨魚的知識，有實務面——例如人類和鯨魚的安全永遠是第一順位，也有教他如何在「快樂鯨魚」網站記錄目擊蒐集到的詳細資訊。

在浮窺號的這段時光，里歐對海洋的認識比從書本學到的知識更豐富。以前每當遇到這些考題，他總是用最粗略的統計數據來回答：哪座海洋最大，哪裡最深、最冷。但海洋不只是一張**圖表**，它是數百萬個動物的家園，有些動物大多數人們永遠不會看見，但不代表牠們不存在、不重要。

瑪莉娜如同一本行走的百科全書，她了解灰鯨與各種海洋生物。里歐盡可能向她學習，好像在就讀海洋學校。

里歐也學到一些悲傷的事，令他有點難受。

曾幾何時，大西洋也有灰鯨，但被人類捕殺到滅絕。墨西哥海岸潟湖並非一直是安全的避難所。就在不久前，捕鯨者還會封閉潟湖入口，將所有母鯨和小鯨困在裡面，一一屠殺，徒留一片濃稠的血海。

里歐不願多想這個問題。

和白嘴相處的幾分鐘，他感受到一種深刻的鏈結，以至於心底仍然能聽見那微弱的回音。一想到任何人或任何事會傷害她，他就感到不安。他會盡一切努力照顧她。夜裡，里歐因為在海上學習而感到疲倦，全身曬傷且頭暈目眩。他開始習慣獨自欣賞媽媽的畫。

「我會照顧妳。」他承諾道：「我會讓妳好好的。」

他其實不知道該如何保護她。至少透過「快樂鯨魚」追蹤她。許多鯨魚觀測資料來自賞鯨船，也有部分來自岸上的一般民眾。人們只

需要擁有雙筒望遠鏡與耐心。柏奇提過一個名詞，叫作「公民科學家」。

里歐因為加入觀測計畫而感到自豪。不只如此，觀察鯨魚帶給**他**一些回饋：平靜的感覺、冒險的滋味，以及對於海洋的敬畏。

長久以來，里歐憂煩不已。主要是擔心媽媽，很難停止感到焦慮。但他也擔心自己，擔心像他這樣的人，如何適應這個巨大又可怕的世界。

在浮窺號，里歐終於看見自己的歸屬，更重要的是，他知道自己能提供什麼樣的幫助。

CHAPTER

24

快樂時光

Happy Times

思念一個人是世上最困難的事。

And missing someone was one of the hardest things of all.

接下來幾天是里歐最快樂的時光。他希望把這些日子裝進瓶子，收在一個安全的地方，未來他就能打開它，一次又一次重溫所有回憶。

一天共兩趟賞鯨遊程，每一趟都擠滿渴望一睹鯨魚風采的遊客。對里歐來說，這不僅是一段旅程，這是一個能意識到自己成為什麼樣的人的機會。現在的他只是個小男孩，以某種方式和地球上最大的哺乳動物交流。多麼振奮人心啊！每次一聽見聲音，他總是躍躍欲試。

一般來說，必須要距離夠近才能看得到鯨魚，柏奇相信因為里歐的加入，他們看到鯨魚的次數大幅提升。

「你帶來了改變，兒子。」某天下午他說。

里歐不確定這位男士是從什麼時候開始這麼叫他。坦白說，他不打算抗議。他的父親從未對他說過「以他為榮」，但柏奇每次出海都對他說。

作為回報，里歐讓自己站得更挺直。

瑪莉娜利用課堂以外的時間，帶里歐參觀海灣區。不只是觀光客絡繹不絕的大道，還有當地人才知道的地方。有人在花園的牆上畫了一幅烏龜壁畫。最高的棕櫚樹上，瑪莉娜曾用父親的小刀刻下她名字的第一個字母。碼頭的另一邊有個洞，如果你把眼睛貼在上面，就能看見魚群悠游。一間遠離主要幹道的祕密小舖，販售上千種不同口味的自製冰淇淋。

她嘰嘰喳喳說個不停。這對里歐來說挺好的，他一直都像個傾聽者；瑪莉娜和他相反，想說的話似乎怎麼說都說不完。她告訴他，她在學會走路之前先學會游泳，和海洋動物相處比和人類相處更自在，她學會的第一個字是「鯨魚」。瑪莉娜和他擁有截然不同的生活，但兩者一樣簡單、純粹。她和父親的關係也是如此。只要和他們生活在一起，心底再多的皺褶也能變得平整。

有時候，里歐會在浮窺號望著自己在水面上的倒影。短短幾週的時間，他變得更強壯。和瑪莉娜一樣，他臉上散發金黃色的光芒，多了一分在倫敦時缺少的自信。

睡前，他還是會在日曆上劃格子。無論聽到多少次鯨魚的聲音，無論在海上度過多麼美好的一天，他胸口的疼痛永遠不會消失。怎麼可能消失呢？在媽媽住院的時候，在他們分開最久的時候。思念一個人是世上最困難的事。

還要再等三天才能和她說話，他站在她的腳印上，猜想世上有沒有魔法能召喚媽媽。除此之外，他有個消息要告訴她。

「媽媽，妳知道嗎？有人看到白嘴了！」他喃喃自語：「有人上傳新的照片。」

那天，瑪莉娜開心地給他看白嘴游過洛杉磯，安全前往墨西哥潟湖的照片。這是一張舊照，雖然過了幾天才上傳，但依然是里歐心中最美麗的照片。

「媽媽？妳看，她會沒事的。就像妳一樣，很快就會好起來。」他低語呢喃。

里歐露出微笑。雖然媽媽還沒回覆任何電子郵件，但沒關係，三天後就能通話了，他有好多好多事想和媽媽分享。

CHAPTER

25

芙蘭

Fran

海洋是雙向的。

The ocean was a two-way thing.

這天風浪太大，沒辦法出航，里歐和奶奶一起待在家。他不斷猜想媽媽對那些照片會有什麼看法？白嘴會如何點亮她的心？她的笑聲、她的喜悅，一切將會——

「里歐？你有在聽嗎？」芙蘭打斷他。

媽媽的模樣消失了，眼前是奶奶隔著鏡片看著他。他好像是這幾週以來，第一次從海底浮出水面。他迷迷糊糊地眨眨眼。

「我說，為什麼不和我分享你的賞鯨之旅？」

芙蘭一直很好奇里歐的海洋之旅。每次他一回家，她會用熱騰騰的餐點和十幾個問題一起迎接他。但觀察鯨魚很累，聆聽鯨魚更是難上加難，幾乎用盡他的每一份力氣。瑪莉娜說這就是海洋包容一切的獨特之道。面對奶奶的詢問，里歐都是打個呵欠，然後轉身躲到房間，寄電子郵件給媽媽。

海盜趴在腿上，芙蘭滿懷期望地看著里歐。這個表情令他想到浮窺號上即將出發賞鯨的旅客。

一股羞愧感油然而生。奶奶照顧他、提供他餐點、幫他洗衣服，甚至買了一支新手機給他，代替原本掉進海底的那支。但他是怎麼回報奶奶的？

除了被邀請加入觀測團隊外，他幾乎什麼都沒和奶奶說。柏奇常說，海洋是雙向的。如果我們期待獲得大海的照顧——餵養我們、養育我們、保護我們——那麼，我們就必須照顧海洋。

里歐打開手機，滑過各個相簿、找到那張照片。然後輕輕地將手機推到桌子的另一端。

奶奶拿起手機，啪嗒一聲又放回桌上。

「這是……**白嘴**？」

里歐點頭。他不確定芙蘭知不知道白嘴，更別說認得她。當她摘下眼鏡拭淚的時候，他心軟了。

她再次拿起手機，問：「要怎麼放大？」

里歐走到她身旁。「妳看，這些是附著物的痕跡，我們藉此辨識。」

「是她沒錯。喔，你媽媽多愛那隻鯨魚啊，她高興極了。」芙蘭的聲音顫抖著。

不只是高興，比高興更棒。里歐心想。

他把椅子拉過來，向奶奶述說手機裡的其他照片。不只是白嘴，還有在加州看到的所有鯨魚。很長一段時間，兩人並肩坐在桌邊，滑過一張又一張的照片。

「想像你回到倫敦，白嘴在其中一個潟湖裡悠游。幸運的話，她會生下一隻鯨魚寶寶。」芙蘭說。

聽到奶奶的話，里歐立刻挺背坐直。**再一個禮拜他就要回家了！**時間怎麼過得這麼快？他一直期待回家，當回去的日子越接近，他越不清楚自己該作何感想。他很興奮沒錯，但一看到白嘴的照片，他的心就被什麼壓制住。某個尖銳、堅硬，令人疼痛的東西。

「真希望白嘴有個小寶寶，」芙蘭接著說：「這代表她們游回北方時會經過海灣。你媽媽很喜歡看鯨魚寶寶。」

「為什麼她要離開？」里歐突然問。

「沒有鯨魚會在潟湖裡待那麼久——」

「不是！」他語氣尖銳，「**媽媽**。既然媽媽這麼喜歡海灣，為什麼還要離開？」

芙蘭好像嚇到了，她揉揉海盜的耳朵。

「因為獲得音樂獎學金。這是她人生最困難的決定。追隨音樂，或是留在這裡。

最後，音樂贏了。」

「如果她留下來呢？」里歐小聲問：「如果她待在她的快樂天地呢？」

「你的意思是，情況會有所不同嗎？」

里歐低頭盯著桌面，過了許久，總算點點頭。他聽到芙蘭以平穩、規律的手勢，撫摸著海盜。最後，他勇敢抬起頭。

奶奶的表情是他從未見過的。然而，他很熟悉這個表情，那是他這幾個月以來，每天從鏡子裡看到的情緒：原始、赤裸、恐懼。

芙蘭摘下眼鏡，用手搓揉雙眼。

「老實說，里歐，沒人知道她留下來會發生什麼事。但有一件事是確定的：因為她不回來而和她吵架，是我犯過最大的錯誤。」

CHAPTER

26

壞消息

Bad News

她哭泣時，是我緊握住她的手。

I'm the one who holds her hand when she cries.

週日晚上，里歐等待電話鈴響，他的胃緊張地不斷翻攪。媽媽沒有回覆郵件。沒關係，他會告訴她鯨魚的事。他會慢慢地、清楚地說過去幾週發生的所有事情——從能聽到鯨魚的聲音開始，以及被邀請加入浮窺號團隊。

來到海灣區以來，他第一次感到自己離她不那麼遙遠，有時還會小聲地哼著歌。

電話突然響了，他的心臟瘋狂跳動。他聽到芙蘭接電話。然後……然後……

怎麼那麼久？

芙蘭沒有把電話遞過來，而是縮在廚房最遠的角落把話筒緊貼耳邊。

「什麼。喔，我知道了。好的……」她降低音量。「多久？」

他從來沒有聽過奶奶用這樣的聲音講話。這是人們預期壞消息的聲音。里歐顫抖，喉嚨緊縮。

「好。」她快速看了里歐一眼，走到走廊，輕輕關上廚房的門。透過玻璃，他能看見她的輪廓——與母親嬌小的身軀如此不同——無論如何，他習慣了。他走到門旁，除了低沉的聲音之外，什麼也聽不見。

芙蘭回來坐在桌邊。她把玩婚戒，在手指上不停轉動。她抬起頭，說：「是醫生打來的……。」她停了下來，似乎在尋找適當的字眼。「很可惜，媽媽今天不會打電話來。」

「今天不會打給我？」里歐吞了口口水。「妳的意思是，她改成明天打來嗎？然後就能和她說話？」

芙蘭搖搖頭。「事情是這樣的……診所負責治療的醫生說，她病情有點惡化……可能要再住院幾週。」

幾週？要住更久？里歐無助地盯著奶奶。**媽媽待在那裡？惡化？**

「但、但是她應該要好起來的！」他哭了出來。「那些照片！我寄給她那些照片！」

「什麼照片？」芙蘭問。

「白嘴的照片！」他知道自己在大吼大叫，但實在是忍不住。「我每天晚上都寄白嘴和其他鯨魚的照片給她！」

「你寄了？為什麼？」芙蘭困惑不已。

里歐的心被撕裂、扯碎。他好想一拳打在桌子上，打到自己身上，打到整個世界。「因為鯨魚能讓她快樂！」他絕望地說：「妳自己說的！妳說這是她看過最神奇的東西。鯨魚讓她笑了！我以為……」

「喔，里歐，親愛的孩子。」她柔聲說。

「現在我得待在這裡！」他大吼，受不了她臉上的同情。「她在那裡，我卻得待在這裡，我無法……我什麼忙都幫不上！」

奶奶彎腰摟住他的肩膀。她傾身向前，靠得很近，近到里歐能聞到她呼吸中的薄荷味。「里歐，聽我說。無論你做什麼，都沒辦法幫助媽媽康復。有聽懂嗎？這不代表你不愛她。我**知道**你愛她。」她遲疑了一下。「但是讓她好起來，一直都不是你的責任。」

「妳會這麼說，是因為妳在地球的這一端！」他怒吼，甩開她的手，忍不住脫口而出：「你從來沒有像我那樣地陪伴她！」

奶奶想回應，但卻啞口無言。她雙頰的紅暈越來越漲大。

但里歐沒有停止。

「妳甚至不知道那是什麼樣子！我是陪在她身邊的人。我是她半夜睡不著覺，幫她泡茶的人。我是幫她買薑餅的人，她什麼都不吃！她哭泣時，是我緊握住她的手。不是妳！」

「從來都不是妳！」里歐怒吼。

奶奶輕聲啜泣，像是動物受傷而嗚咽。里歐奔上樓，回到房間，關門，倒在床上。

CHAPTER

27

消失

Missing

靜默填滿整個船艙。

A heavy silence filled the cabin.

隔天，里歐起了大早，想在芙蘭醒來前偷偷溜出家門。

沒有這麼好運。

他發現芙蘭坐在餐桌旁，要不是換了衣服，他會以為她坐了整晚。她弓著身子喝咖啡，海盜輕碰她一下，吸引她的注意。里歐不知道該不該道歉。那是正確的行為，**對的**行為。但不知道為什麼他就是做不到。心中的憤怒、痛苦如此強烈，他說不出一言半語。

他躡手躡腳走過餐桌，希望奶奶沒有注意到。

「里歐，昨天晚上⋯⋯」

「我不想討論。」他嘟囔著，沒有轉身，在海盜哀怨深長的喵嗚聲中走出後門。

就連天氣都貼近里歐的心境。天空陰沉灰暗，看不到海洋和雲朵的交界。它們是糾結在一起的灰色團塊，在劇烈、憤怒的喘息聲中，狂野地上下翻騰。

這是里歐第一次見到海洋生氣的樣子。

里歐沿著海灘閒晃，感覺就是這樣。媽媽的病情不會好轉。她**惡化**了。現在的他甚至不知道什麼時候能回家。他不討厭這裡，他愛大海，他愛鯨魚，他很喜歡當浮窺號的一員。但如果媽媽也在這裡，他會**更**愛這一切。

海浪拍打海岸，在里歐身上噴灑鹹鹹的水珠，刺痛了他的雙眼。他生氣地揉搓著。他抬起頭環顧四周，發現自己走到港口。像有磁力一般，他不自覺走近浮窺號。她不只是一艘船，更是**逃脫**的辦法，帶他逃到一個只要閉上眼，就能想像一切都很美好的世界。

船隻受強風吹襲，桅杆轟隆作響，港口的小船嘎吱嘎吱地搖晃著。漁民寥寥無幾，遊客就更不用說了。

浮窺號停泊著，雖然搖晃不止，但依舊是堅定且令人安心的存在。里歐跑到船邊，停了下來。舷窗透出溫暖的黃色光線。

「哈囉！」他大喊，聲音被強風蓋過。「哈囉囉囉！」

不可能有人聽到，里歐跳上船，赤裸的腳底傳來冰涼感。儘管過去幾週他來過很多次，每次踏上甲板，他都同樣感到悸動。

「瑪莉娜？」他叫了一聲。船艙門打開，她探出頭，金色髮絲凌亂不羈。

「里歐！我正準備要去學校。」她看到他的眼神，睜大雙眼，「但……進來吧。」

他跟著進入船艙，外頭強風吹襲，裡面舒適溫暖，他呼一聲坐上長椅。

「柏奇呢？」他問。

「去買一些補給品。天候不佳時，他會去補貨，做些維修。」

瑪莉娜站在爐前忙東忙西，鍋內倒滿牛奶，正要煮熱巧克力，聲音好療癒。她坐在里歐對面的椅子上，推來一杯熱巧克力。

「你知道的……如果想聊聊，我會是很好的聽眾。海洋的承諾。我不會告訴任何人，包括爸爸。」她輕聲說。

里歐雙手圈住馬克杯。他好久沒有說母親的事了。就算他知道該從何開始，這些話語依舊困在內心糾結難解。

他能信任瑪莉娜嗎？**真正的**信任？

她有令他失望過嗎？沒有。從他們見面的第一刻起，從來沒有。她找到白嘴的畫並歸還給他，她毫不猶豫相信他能聽見鯨魚的聲音。

里歐低語。他的心跳得好快，手掌出汗。他顫抖，深吸一口氣，正要開口時，外面傳來一聲巨響。

「我最好檢查一下，可能有東西被風吹倒。」瑪莉娜說

船艙裡突然只剩下他一個人，他原本要說的話也消失了。沒多久瑪莉娜回到船艙，一陣冷風跟著進入。她坐下來。「我們剛剛說到哪？」

「我們準備更新數據。」

「**是嗎？**」她這麼問，接著看到里歐的表情，「你說得對。」

她從小櫃子裡拿出筆記型電腦，打開「快樂鯨魚」網站。里歐鬆口氣，慶幸她沒有追問。「我們剛剛上傳前幾天的鯨魚目擊記錄。」

成為船員以後，里歐比以往更擅長分辨鯨魚種類。他們主要統計灰鯨的數量，也會記錄所有不同類型的鯨魚。很容易看到大翅鯨，因為牠們腹部是白色的，而且喜歡用背鰭在水面拍打、滾動。然而，有些鯨魚，例如長須鯨、小鬚鯨，看起來幾乎一模一樣，區分牠們的唯一方法是觀察尾鰭形狀的微小差異。

「記得在這一欄輸入我們比較熟悉的鯨魚觀測資料。大翅鯨。有發現尾鰭缺了一角嗎？有點像手指？可能是船的螺旋槳造成的。」她厭惡地皺著眉。

「這經常發生嗎？」

她點頭。「比想像的更頻繁。這就是爸爸從不開快的原因，而且注意不要靠近鯨魚。幸好這隻沒有傷得太重，從我們的角度來看，這樣能更容易追蹤到牠。」

她點擊滑鼠，顯示更多觀測記錄並上傳照片。正要闔上電腦時，里歐制止她。

「要檢查一下白嘴嗎？看看她現在在哪？」

「好主意！」瑪莉娜笑了。

無法聽見媽媽，至少他能追蹤她的鯨魚。兩者不同，但總是有意義。

「上次看到她是在洛杉磯——這個藍色點點。幾天前的事了。」瑪莉娜說：「下次見到她通常是在聖地牙哥。鯨魚經過那裡時，常會收到明確的目擊記錄。」她點開一個新的欄位，眉頭皺了起來。

「怎麼了？」

「聖地牙哥沒有人看到她。」

「可能剛好錯過了？」

「對，有可能。」她按了幾個按鍵。「檢查一下恩森納達，墨西哥邊境。」

里歐屏住呼吸。

「沒有，那裡也沒有。」

「一定是她游過去的時候沒有人看見。」里歐回應。像冰塊一樣，某個又濕又冷的東西沿著他的背脊流淌而下。

「或許吧。」瑪莉娜好像沒有被說服。

「是妳說沒辦法數到每隻鯨魚的。」里歐反駁：「沒有人看到她，就是這樣。」

「是沒錯，但……但像白嘴這樣的鯨魚，通常很容易被看見，尤其那個地區有很多鯨魚觀察員。」她咬著嘴唇。「從洛杉磯之後就沒人看到她了，這很不尋常。」

「能檢查潟湖嗎？」他急忙問：「她可能已經到了。」

瑪莉娜懷疑地點點頭。潟湖是內陸大型淺水池塘，追蹤鯨魚要容易許多。接著她又搖搖頭。「不，她還沒到。太早了，她還游不到那裡。」

「那她在哪？」里歐哭喊：「不會就這樣失蹤了！」

起初他以為瑪莉娜不會回答。窗外狂風呼嘯，船隻搖搖晃晃，她疲倦地揉著眼。

「問題是……」她轉身面向他，深吸一口氣：「有時候可能撐不下去。」

「什、什麼意思？」某個又重又大的東西沉入里歐的身體。「**撐不下去？**」

「壞事總會發生。」瑪莉娜靜靜地說。

「什麼樣的事？」

「就像那隻大翅鯨，尾鰭傷痕累累的樣子。有時候……有時候比這更糟。」

「多糟？」

「被船撞到。」她嘆口氣。「或是幽靈漁具——遭到人類丟棄或遺失，漂浮在海上的漁網。塑膠製品、核能試驗品、地下石油鑽探、噪音污染……」

里歐來自大城市，很清楚那些噪音。**但海洋？**海面下絕對是地球最安靜的地方吧？

「很多船發出和鯨魚一樣的聲音，這樣會干擾牠們的方向感，這是為什麼很多鯨魚在海灘上擱淺。」

「像是博物館裡的鯨魚一樣？」里歐倒抽一口氣。

「有可能是這個原因。沒人能確定。」

「那白嘴呢？」

「她可能只是偏離路徑……可能被弄糊塗了，或是……」瑪莉娜的聲音些微顫抖，里歐從未聽過她這樣。

「但要是沒有人盡快看見她的話……」

她闔上電腦，靜默填滿整個船艙。不是他們躺在甲板上的那種美好靜謐，而是暗示不祥預兆的無聲狀態。

「**白嘴？**」

里歐內心被猛烈拉扯，他突然好想哭。**不要這樣。不是現在**。他需要瑪莉娜告訴他這只是個錯誤，白嘴很快就會出現。但她什麼都沒說，只是笨拙地拍拍他的手臂。疼痛像海嘯一樣襲來，淹沒他的胸口。

「我、我得走了。」里歐囁嚅地說，他掙扎起身，腳步蹣跚，走到門口。

船艙外，天空往水面投射巨大的黑影。風吹在他臉上，他幾乎看不清楚前方。他被一圈繩子絆倒，雙腿疼痛只能勉強站立。斗大的雨滴落下，不是輕柔的雨絲，而是鋒利、冰冷的匕首，從空中劈落。

「里歐，怎麼了？」瑪莉娜跳下船，朝他跑來，雨水將她的髮絲貼在臉上。

他掛念著媽媽。他想念她的心型鵝卵石、她的紅髮，她拉奏小提琴時閃閃發亮的眼眸。

「她應該沒事。」瑪莉娜說。

過了一會兒，里歐才意識到，她說的是白嘴，不是媽媽。

CHAPTER

28

風中的呢喃

Whispers on the Wind

如果她正在陷入困境，他該如何是好？

If she had got into trouble, what was he meant to do?

之後幾天，里歐不停在「快樂鯨魚」尋找白嘴。他催促瑪莉娜傳訊息給附近的觀察員，以免有人看到她而忘了上傳照片。

沒有回覆。

他知道瑪莉娜很擔心，並試圖隱藏。她沒這麼說，也不必說。里歐聽得見憂慮。她的指尖焦急地敲擊桌子，她盯著電腦磨牙、她對周遭每個人——包括她父親——的嚴厲口吻。

「我們不能去找她嗎？如果我們認為她失蹤了？」一天下午，里歐問。

柏奇搖頭，「我們還不確定她是不是遇到麻煩，很有可能只是偏離路徑。這種情況下，她會在適當時機重新設定路線。」

「要是她**正在**遇到麻煩怎麼辦？」里歐十分焦急，「要是她困住，需要我們怎麼辦？」

「灰鯨有時會晚一點抵達潟湖，機率不低。」瑪莉娜憂心忡忡。

問題是里歐已經厭倦了等待。自從聽到媽媽的消息，所有感受全都襲捲重來。

這一次，連海水都沖不走這些情緒。他的胸口感到窒息、心臟撲通撲通猛烈跳動，不停擔心情況會變得更糟。然後會發生什麼事？雖然芙蘭說他不需要一肩扛起照顧媽媽的責任，但內心深處卻有種可怕的、緊抓不放的愧疚感。

一切都徒勞無功。

不只媽媽消失了，她的鯨魚也消失了。

那天晚上，里歐在睡夢中被吵醒。起初他以為那聲巨響是夢，後來他迷迷糊糊意識到，那是從外面傳來的，是海風敲打窗戶玻璃的聲音，似乎想進入屋內、尋找庇護。

他掀開被子，赤腳走到窗前，臉靠玻璃嘆了口氣。如果白嘴遇到麻煩怎麼辦？沿岸應該沒有獵鯨人，但自從他來到海灣區，他明白鯨魚生存需要克服許多阻礙。

如果她**正在**陷入困境，他該如何是好？

儘管那件 T 恤證明他是浮窺號團隊的正式成員，但這又代表什麼？他們數鯨魚。就這樣。他們不是每次一有鯨魚失蹤，就會執行危險救援任務的超級英雄。

但這次不只是一隻鯨魚。

是**白嘴**。

「媽媽，我該怎麼做？」他低語。

里歐將雙腳放到媽媽的腳印上，閉上雙眼，努力想像她會說什麼。但沒有用。這棟房子羞澀又神祕，媽媽的任何感受都被困在表面下。他低頭看那些印記，看清楚它們本來的樣貌。

只是一雙模糊的舊腳印。不多也不少。

陡然之間，他體內升起一股怒火。

他甚至無法和她說到話！他只有一本畫滿鯨魚的素描簿。就這樣。他的心跳加速，隱匿的想法全部傾瀉而出。為什麼她不能和其他媽媽一樣？為什麼沒辦法**正常**？要是她很正常，他就不會被送到這裡了。

窗戶突然轟一聲敞開。里歐不確定是沒鎖好，還是海風將遠方海洋的訊息傳送過來，從他臉上呼嘯而過。這不是夜晚會聽到的海風。這次不同。風中某個未知的聲音在他耳邊低語，他發誓他聽到母親的聲音，發出求救的訊號。

他急促吸了一口氣。一切都是想像，就是這樣，風不會說話。里歐砰一聲關上窗戶，趕緊拉上百葉，隨即回到床上。

但一切都來不及。狂風劇烈震動、撞擊牆外，百葉嘎嘎作響，空氣鑽進窗戶縫隙，發出高頻叫聲。里歐縮在被窩，感覺房子與地板的搖晃。

他翻身，發現自己凝視白嘴的眼睛。她盯著里歐，不只是看著，而是苦苦哀求。可能是因為夜深了，里歐累壞了，可能是因為風太大了，也可能真的是媽媽在和他說話，就在這一刻，狂風和白嘴彷彿合而為一。說話的不是風，而是白嘴自己。

白嘴告訴里歐，一切都還來得及。

CHAPTER

29

計畫

The Plan

從頭開始，慢慢說。

Starts slowly and from the beginning.

「你想做**什麼**？」

碼頭空無一人，里歐抓著瑪莉娜，把她拉得更近些。

「我想去找白嘴。我需要妳的協助。」

瑪莉娜瞇著眼，專注看著他。他差點就要收回剛剛的話，但他回想起和白嘴一起待在大海的感覺——她如何輕輕將他推回船邊。

「你覺得怎樣才能找到她？」

「根據資料，妳說白嘴游過洛杉磯後，就沒有人看到她了。」

「沒錯。然後呢？」

「這代表我們有搜索範圍：洛杉磯跟潟湖之間。」

瑪莉娜盯著他，突然一陣大笑。這不是他期望的反應。

「你有想清楚嗎？你知道那範圍實際上有多**大**嗎？將近一千英里欸！你聽到爸爸說的。她可能在任何地方！」

「我知道那是很大的範圍。」里歐鐵了心不打退堂鼓。「但不代表我們不應該嘗試。」

「我們甚至不確定白嘴是不是有危險。**要是**她偏離路線，可能會重新找到方向。爸爸說最好順應自然，不要出手干涉。」

「要是她有危險呢？」里歐反駁：「要是她受傷了呢？要是她被船撞到怎麼辦？」

「我很想幫忙，真的。」瑪莉娜一面用手梳理頭髮，一面帶有怒氣地說：「但你不知道大海有多凶險——你沒去過！跟賞鯨截然不同。」

「我們不能袖手旁觀！！這不是試算表和欄位。這是**活著**的生命！」

「你說什麼？」

「有時候現實不如所願，但不代表必須放棄。而是要盡己所能，奮力放手一搏。」

里歐不知道這些話打哪來的。連他自己都嚇到。他想要收回，馬上又覺得算了。

「那我爸呢？」

「我想過。」他緊張地吞口水，「我們不要告訴他。」

「沒有爸爸幫忙怎麼拯救白嘴？」她驚呼道：「你是說……你要我們偷開他的

船？」

「不是**偷**，是借用。妳知道如何駕駛，對吧？」

「我四歲就住在船上了！」瑪莉娜惱怒地回他：「爸爸說我比他那年紀的船長更厲害。」

「太好了，那就可以了。」

「太危險了！」

「我是唯一能聽到灰鯨聲音的人。妳爸爸說我有大海的耳朵。如果我是唯一能幫助白嘴的人呢？能聽見她是否遭遇危險？」

瑪莉娜雙唇緊抿，里歐想起沉思中的奶奶。

「我知道……我知道她對你來說很特別。對我來說也是一樣。但尋找一頭鯨魚需要**幾個禮拜**的時間。」她看一眼手錶。里歐看出她準備離開，這樣他就沒有機會尋找白嘴。絕對不能讓這樣的事發生。

「但、但對我而言，她**不只**特別。」他脫口而出。

「什麼意思？」

「妳說過……我能告訴妳任何事。我有必須找到她的理由。一個好理由。」
「那麼，必須是**最好的**理由。」
里歐深呼吸，鼓起勇氣。如果想得到瑪莉娜的幫助，那麼是時候對她完全坦誠。
「是為了……為了我媽媽！」
她沒有回話。透過那雙堅定的眼神，里歐知道她認真聆聽。
「接著說。」她柔聲回應。
里歐頓了一下。他的心砰砰跳，掌心都出汗了。「她……她狀況不太好。」
里歐等待那令人不安的沉默和憐憫的目光，但瑪莉娜卻從口袋裡掏出一張衛生紙，塞到他手上。他發現自己在哭。不是斗大的、醜陋的淚珠，而是默默滑下臉龐的淚水。
「我能相信妳嗎？」他擤了擤鼻子，「我是說……真正的相信？」
「海洋的承諾。」瑪莉娜回應。
他將媽媽的事深埋在心底太久，他的心好痛。他從未告訴任何人，他不知道該說什麼。

「從頭開始，慢慢說。」瑪莉娜彷彿讀懂他的心。

里歐深呼吸，慢慢吐氣。

他支支吾吾告訴她，有一次媽媽錯過學校聖誕音樂會，因為在最後一刻，她恐慌發作。有時他放學回家，會發現冰箱裡什麼都沒有，媽媽躲在床上蓋著被子。有一次去海邊，她在海灘上，在所有人的面前哭泣。他跟瑪莉娜說了好多好多，他從未說出口的事，那些長時間深埋在心中的事。

猶如挖掘巨石底下漆黑陰暗的深淵，那是里歐不敢冒險前往的地方，他害怕墜落。然而，每當他多說一個字，胸口巨大的負擔彷彿一一卸下，揭露在陽光下。

整個過程中，他無法直視瑪莉娜。他將視線固定在藍色海平面的某個朦朧遠方。現在他可以快速看她一眼。

「喔，里歐。」她展開雙臂抱住他。里歐好久沒有擁抱了，一開始嚇了一跳。他可以聞到她身上的海鹽、她的勇氣，以及最重要的，她的友誼。

「**拜託？**」他的懇求聲來自內心深處：「我必須找到她。」

瑪莉娜思考許久。最後她點點頭，說：「我會幫你。」

CHAPTER

30

逃跑

Escape

他以為自己是誰？

Who did he think he was?

計畫很簡單。

柏奇經常在週五晚上和朋友相約打撞球。他一下船，瑪莉娜就會打給里歐，然後他們馬上出發。他們沒有多少時間。

在此之前，瑪莉娜建議他應該攜帶哪些衣物，她幫助他篩選。船上已經有一些物資，包括海圖、指南針、水、乾糧，以及很多里歐從未聽過的東西，他意識到自己的裝備有多麼不足。

「你帶了什麼？」瑪莉娜問。

里歐翻遍行李箱，拿出各種令她皺眉的T恤和短褲。「你需要長袖。海上很冷，尤其我們要待好幾天。防曬乳呢？有嗎？很好。防水服呢？沒有？好吧，你可以穿我的。」她瞇起眼睛上下打量，「我們體型幾乎一樣。」

「食物呢？有嗎？」

「只有這些。」里歐說。

「**薑餅？**」

這些餅乾的包裝還沒打開，香氣還是飄了出來，里歐幾乎以為轉身就會看到媽媽站在背後。

「這是媽媽最喜歡的。」

「好吧，我們需要這些。」

瑪莉娜把後背包借給里歐，他小心翼翼地將餅乾放在最上面。上扣時，白嘴的畫像映入眼簾。他拿起畫紙，大海在遠處發出認同的吼叫聲，里歐將畫紙折疊，放入其中一個口袋裡。

「也帶上這個吧。」

那天傍晚，除了大海呼吸的聲音以外，屋裡一片安靜。里歐在房裡來回踱步，每隔幾分鐘檢查手機。目前為止什麼消息都沒有。直到跳出通知。

安全，開始行動！

他掀開被子，深吸一口氣，在胸口畫十字、祈求好運。他們把背包留在後門，藏在房子側面暗處。他打算從窗戶溜出去，避免經過客廳，芙蘭正在看新聞。

他沒有告訴奶奶偷船拯救白嘴的計畫。她只會說這是在浪費時間。毫無疑問，她一定會阻止他。但芙蘭錯了，他能做得很多。

一打開窗戶，海風立刻湧進，他大口呼吸。制訂拯救鯨魚計畫是一回事，付諸行動又是另一回事。里歐全身發抖。他以為自己是誰？

但他想起白嘴。他能做到的，**他必須做到**。他爬上窗檯，小心腳步，走到最邊緣的位置。他只需要跨到下一個窗檯，沿著排水管移動就行。

他伸出腳。什麼都沒踩到，只踩到空氣。然後……他的腳指頭碰到了。

「成功！」

里歐連滾帶爬站上排水管，膝蓋摩擦粗糙的外牆，手肘撞得疼痛不已。最後他站到沙灘上，總算鬆了一口氣。

背包不重，在黑暗中沿著海水奔跑比想像得困難許多。不是突然海浪襲來，就是在鬆散的沙灘上跌倒，有一、兩次，他的腳踝都快扭傷了。

大約過了十幾分鐘，他必須停下腳步。他的胸口劇烈起伏，快要無法呼吸。他放慢速度，朝閃爍的光點走去。漆黑夜色中，他只聽見浪濤的拍打聲和桅杆詭異的嘎吱聲。

朝浮窺號前進時，他發現前方三公尺有一抹黑影。

「瑪莉娜。」他竊竊私語。

她驚訝地環顧四周，看到里歐後衝過來。

「你到了，我不確定你是否辦得到。」她低聲說。

里歐自己也不敢相信。但他成功了，一切準備就緒。

他看一眼她拎著的紙袋。「我只是想帶點吃的，我們……我們應該這麼做嗎？」她解釋。

兩人小心翼翼往碼頭的方向走，浮窺號停泊在燈塔照射的光線裡。

彩虹旗在風中飄揚，瑪莉娜輕輕一躍跳上船。里歐把背包遞給她，跟著跳上去。

「我們辦到了。」她壓低聲音，雙眼在漆黑夜裡更加明亮。

「你們辦到了什麼？」

一盞燈忽然亮起，柏奇站在他們背後看著。

CHAPTER

31

逮個正著

Caught

你比自己所想的更機智、更堅強。

You are more resourceful and stronger than you think.

「**瑪莉娜？**」柏奇用低沉如雷鳴的聲音質問：「妳在幹嘛？」

「爸！」瑪莉娜結結巴巴地說：「我還以為你出門了！」

「我是出門了，只是回來拿錢包。妳還沒回答我的問題。」

瑪莉娜雙手不知所措地拍著身體兩側，里歐站出來。「是我的錯，我……我想看看夜晚的海洋，瑪莉娜帶我去探險。」

「**探險？**」柏奇放慢語速：「那麼，你們最好告訴我細節。別忘了你的行李。」

他邊說邊打開艙門。里歐憂心忡忡和瑪莉娜互看一眼，踏進船艙。

失去日光的船艙給人截然不同的感覺。漆黑、陰暗，一個謎樣的地方，空氣中瀰漫微弱的警訊。

兩人愧疚地坐在一張鋪有軟墊的長凳上。

現在怎麼辦？柏奇去拿熱巧克力粉時，里歐用嘴型問瑪莉娜。

我不知道！她也用嘴型回應。

「熱巧克力美味的祕密在於準備的過程。」柏奇劃開一根火柴，點燃爐火。「生活也是如此。隨時做好準備，即使是最意想不到的準備。」牛奶冒著泡泡，柏奇沒有說話。接著，他將熱可可倒進馬克杯，巧克力的香氣溢滿整個船艙。

心滿意足喝了一口，柏奇擦了擦鬍鬚，先看向瑪莉娜，再看向里歐，最後又看回自己女兒。「那麼，說說你們的冒險吧。」

「是我的主意！我說可以假扮海盜去尋找失落的寶藏！」瑪莉娜說。

「妳是說，失落的**寶藏**嗎？」柏奇嘴角微微上揚。「所以……跟失蹤的鯨魚無關？」

瑪莉娜用力搖頭。

里歐嘆口氣。「有關，我們想試著找她。」

瑪莉娜突然轉頭看他，欲言又止。

「無關，我們沒有！」

「說謊沒有意義。」里歐回應，瞬間覺得自己長大了。「不能為了這樣的事。」

柏奇點點頭，說：「你，小伙子，腦袋很清醒。」他喝一口熱巧克力。「不過……我覺得不只這些？我知道我女兒很有說服力，但即使是她也得費盡口舌才能說服某人去外海。」

「不是瑪莉娜說服我。」里歐小聲地說：「是我說服她。」

里歐本以為柏奇會很驚訝，但他卻只是把馬克杯小心翼翼地放在桌上，然後說：

「有沒有可能，和你媽媽有關？」

「我媽媽？」里歐嚇到了。「你怎麼知道？」

「你奶奶曾解釋你來這裡的原因，最近又說你需要待久一點。」

里歐嘴巴張開，隨即闔上。**柏奇一直都知道？**

「這是你邀請我成為隊員的原因嗎？你為我感到**遺憾**？」他忍不住脫口而出。

柏奇聽聞後卻面露驚訝。「我邀請你，是因為你是個優秀的成員。」他注視里歐，繼續說：「大海教會我很多事，其中最重要的是，我們內心深處蘊含強大的能量——我在你身上看到這一點。你，小伙子，你比自己所想的更機智、更堅強。」

里歐以為他講的是能聽見鯨魚的能力，但又意識到這不是他話中唯一的意思。柏奇將手輕放在里歐的手上。他手掌的粗糙讓人覺得溫暖、堅定，里歐一點都不想移開。

「我知道這幾乎是不可能的任務，我們也許永遠都找不到她。」瑪莉娜將注意力轉回，「但……我們不能**什麼都不做**。里歐是對的。要是她遇到麻煩怎麼辦？」

柏奇點頭。「今天稍早，我和沿海的賞鯨團聯繫了，沒人看到她。當然了，她很有可能會在幾天後出現，安然無恙。」

「要是沒有呢？要是她迷路，我可能有辦法找到她。」里歐立刻接著問。

幾週以前的他，一定會認為這個想法太荒謬。但那是在遇見瑪莉娜之前，在加入浮窺號之前，在意識到自己遠比想像得更重要之前。

柏奇若有所思，最後終於點頭。

「你的意思是我們可以去囉？」瑪莉娜雙眼亮了起來。

「我沒有這麼說。我會讓你們兩個自己去太平洋嗎？里歐，你奶奶會殺了我的。不，我不同意。」

里歐心一沉。

「但是，我可以和你們一起去。」

CHAPTER

32

新的計畫

A New Plan

喔不，這是家族傳統。

Oh no, it runs in the family.

「你要帶我們去？」里歐驚呼，「你要幫我們找白嘴嗎？」

「沒錯。首先我要打給你奶奶。」柏奇說。

里歐還來不及抗議，柏奇就走到外頭，把門緊閉。在密閉船艙裡，唯一的聲音只有偶爾傳來的低沉話語。

「小心……」

「絕對安全……」

「監護……」

「她不會同意的。」里歐囁嚅難言看著門。

白嘴的命運取決於這通電話。船艙不大，似乎又變得更小。彷彿經過一輩子的時間，柏奇的聲音消失。然而，他沒有進屋，而是下船。

「他去哪了？」里歐緊張地低聲問。

「不知道。」瑪莉娜低語。

他倆安靜地等待。除了大海之外，唯一的聲音是他們的心跳聲。

門終於緩緩打開，港口明亮的黃色光線映照出柏奇的輪廓。但不只一人，還有另外一位，一個高大、身穿連身褲、戴黑框眼鏡的身影。

「**芙蘭？**」里歐震驚得站起。

奶奶踏進船艙，環顧四周，將視線鎖定在里歐身上。他的胃上下翻攪。她一定是來帶他回家的，來終止那場尚未啟程的冒險。

「妳、妳怎麼在這裡？」

她邁出三大步，然後將里歐摟入懷中。

「你以為我會讓唯一的孫子跑到深不可測的大海嗎？」

里歐很驚訝聽到她這麼說。更沒想到的是，他心底湧現一股暖

意。在芙蘭鬆手之前，里歐緊緊回抱她。關於擁抱這件事，她還有得學呢。

「我以為妳會暈船？」

「是沒錯。」她臉色發白，「但阻止不了我想和你一起去。」

「我認識你奶奶很久了。」柏奇輕聲說：「她早在『快樂鯨魚』創立以前，就開始觀察鯨魚了。」

「真的嗎?!」

「你不會以為只有你一個人想保護牠們吧？」她透過鏡片看著里歐，說：「喔不，這是家族傳統。」

「可……可是……」

里歐怎麼沒發現？現在才是他第一次真的看見奶奶。不再透過他的痛苦稜鏡——那樣的稜鏡從來都不準確。這是她的真實樣貌。

「我有一些朋友，大部分沒有在網站上註冊。」她用一種嚴肅的、像是學校教師的姿勢搓手。「我建議在倉促行動前先集中資源。我打電話給一些同事，確保他們開始觀察海岸。柏奇，也許你可以傳訊息給其他的觀察員，以及發送警報給網路上的成員說有一隻鯨魚失蹤了？瑪莉娜，妳能做些年輕人在社群媒體做的事嗎？製造騷動？是這樣說嗎？我們搞不好能和一些賞鯨船合作，甚至漁船。」芙蘭停頓一下，轉向里歐。「至於你呢，年輕人，扮演一個最重要的角色。」

里歐好奇芙蘭要指派什麼任務。

「你是我們的耳朵。」

CHAPTER

33

加快腳步

Hurry

我們請求你們的保護，指引我們安全抵達目的地。

We ask that you protect us and guide us safely towards our destination.

破曉之際，浮窺號駛近港口護堤，大海籠罩在一片黑暗之中。芙蘭和里歐四目相交，猶疑地笑了笑。「準備好了嗎？」

里歐想到媽媽和鯨魚，兩者在他腦中合而為一。

「好了。」他的自白彷彿來自內心深處。「準備好了。」

他們至少需要半天時間才能抵達搜索區域。然而，約三十分鐘後，里歐在船艙休息時，引擎突然關閉。怎麼回事？為什麼停了？他走到甲板，發現柏奇和瑪莉娜坐在左舷上，腳丫子懸盪在船邊。

柏奇沒有出聲，而是側身為里歐騰出一個空間。坐在兩人中間的里歐揉揉眼睛，清晨朦朧的光線下，一片開闊的水域裡，浮窺號顯得好渺小。

他正要開口，父女倆雙手合十，做出很像禱告的手勢。

「親愛的海洋朋友，以及海底下的生物。」柏奇低語：「我們請求你們的保護，指引我們安全抵達目的地。作為回報，我們承諾保護你們，永遠敬愛你們、尊重你們。」

柏奇閉著眼，用雙手捧起一瓢海水，潑在臉上。瑪莉娜跟著做，這個儀式顯然執行過數百次。里歐將雙手伸進海水跟著做。打在臉上的海水冰涼刺骨，帶走最後一絲睡意。他的感官立刻變得敏銳，為即將展開的任務做好準備。

「這是什麼？」里歐問。

「是我每次啟航，長途旅行前會做的事，是世代相傳的古老水手傳統。」柏奇解釋，「人類總以為自己是世界上最強大的生物。很多時候是這樣沒錯。但早在我們降生以前，在我們離開很久以後，海洋一直都在。」

瑪莉娜拿出地圖，在甲板上攤開。「我們在這裡。」她在海灣區沿岸以南戳了一個小點。「我們要追蹤白嘴前往瀉湖的路線。最好的起點是這裡。」她指著一個手掌寬的座標。

「感謝芙蘭奶奶，一些住在邊境的觀察員正在搜索那片區域，還有一些船在聖地牙哥附近。這表示我們的搜索範圍是洛杉磯到聖地牙哥之間。」

「我們得加快腳步，如果想在天黑前抵達的話。」柏奇說。

CHAPTER

34

遍尋不著

No Sightings

照理來說，海洋應該是牠們的才對。

By rights, the ocean should have been theirs.

剩下的時間裡，他們平穩航行，只有午餐時間停下來，吃了有點不新鮮的起司三明治，喝了一大口可樂。

雖然甲板上很熱，但里歐和瑪莉娜一直待在船頭。瑪莉娜拿起筆記本，盤腿坐著，里歐目不轉睛觀察地平線，同時雙耳傾聽。他偶爾會看一下奶奶，大多數時間她都待在下層，跟他說暈船沒有太嚴重。柏奇獨自一人，享用咖啡和逆風駕駛的操控感。這道逆風讓他們的進展比預期的慢。

「這樣的速度我們永遠到不了！」里歐氣急敗壞。

他們不時用無線電聯繫正在同步搜索的船隻。每當無線電發出劈啪聲，里歐都會燃起希望，但每次的回應都跟他們的結果一樣。

沒有人看到鯨魚。

除了斷斷續續的無線電噪音，唯一聲響是浮窺號劃過海面的聲音。幾個小時過去了，沒有人開口。

除了看到一、兩艘漁船，午餐過後，一艘巨大的郵輪從遠處駛來，看起來像是一棟水上大樓。里歐遠遠看到郵輪上的陽台、三個巨大的煙囪，以及精緻的塑膠滑水道。即便距離那麼遙遠，郵輪掀起的波浪湍流使浮窺號上下搖晃。

芙蘭來到甲板呼吸新鮮空氣，厭惡地搖搖頭。「可怕的東西。」

「看看它的**體積**。難怪每年都有這麼多鯨魚被撞。」瑪莉娜一臉擔憂地看著郵輪。

里歐手中的雙筒望遠鏡突然變得冰涼、溼滑。他以前從未思考過鯨魚面臨的威脅。牠們是地球上最壯觀、最巨大的動物，照理來說，海洋應該是牠們的才對——在裡頭自由自在地游泳、生活。但不知道為什麼，海洋跟地球上的其他生物一樣，由人類掌控。

他注視那艘郵輪許久，直到它朝南加州和墨西哥駛去，變成一個和他拇指一樣大的圓點，爾後消失無蹤。

當太陽像分針一樣劃過地平線，浮窺號向南行駛。那是著名的太平洋日落，璀璨絢爛。柏奇關閉引擎，四人不發一語坐著，興味盎然地望向天空。

「就是這裡。明天展開搜索。」

CHAPTER

35

海上風暴

Sea Storm

他要找到未來他將成為的自己。

He had set out to find who he could become.

那晚，里歐緊張得睡不著覺。為了不打擾其他人，他悄悄踏上甲板。柏奇說他們就快抵達搜索區域。意思是就要找到白嘴了嗎？

外頭一片漆黑，什麼都看不見，他盡最大努力豎起雙耳，滿心期盼能聽見最微弱的聲音。她可能會突然出現在船的附近。他會再次見到她，確保她的安全。

然而，無論他再怎麼聆聽，除了海浪的拍擊聲，什麼都沒有。里歐嘆了口氣。明天又是新的一天，明天他們就會找到她。

他不覺得睏，轉身平躺在長凳上。沒有光害的天空繁星點點，海面反射星光，就像是閃閃發亮的玻璃紙。夜空像是宇宙怦怦跳動的心臟。

「很美，對吧？」瑪莉娜手指壓唇，要他別出聲。她坐上另一張長凳，像他一樣平躺仰望星空。

好長一段時間，兩人沒有說話，直到里歐聽到一聲嘆息。漆黑夜裡，除了閃亮的髮絲和潔白的牙齒，里歐什麼也看不見。

「你知道你和灰鯨很像嗎？當然不是外觀，我還沒看到藤壺。鯨魚為了生存必須經歷可怕的事情，但牠們依然繼續游。你也一樣。」瑪莉娜平靜地說。

里歐從未將自己和動物相比，更別說是世上最大的哺乳動物。此時此刻，他知道瑪莉娜是對的。這十一年來他所面對的，比大多數同年齡的人來得更多。

遠處傳來一聲巨響，似乎表示認同。

「海上風暴。」瑪莉娜解釋：「可能在好幾英里外，雷聲在海面迴盪。」

里歐什麼都沒看見，但他感覺得到。空氣變得沉重、飽含能量，彷彿有一股無形的電流在萬物之間流通──包括他自己。他手臂汗毛豎立，下顎緊縮。

直到目前為止，海洋都很友善，展現最美的一面。但這是一種提醒。大海不會永遠仁慈。大海生他們的氣嗎？當人類把它搞得一團亂？

他深長地吐了一口氣，浪濤拍擊船隻，濺起如唾沫一樣的水花。瑪莉娜渾身濕透，但她沒有離開。里歐也沒有。

「我很害怕。」他承認。

瑪莉娜看著他。他知道瑪莉娜理解他說的不是暴風雨，他指的是其他的恐懼。有的是關於白嘴，有更多是關於媽媽。

「我也很害怕，不只是白嘴，還有我們是否能拯救這一切？」她指向大海，「它如此巨大。」

「絕對不能放棄希望。」里歐呢喃，不只想起媽媽。「當還有機會的時候。」

沉默籠罩兩人。海浪咆哮、跳躍、搏動。

「爸爸說，害怕時，最好的辦法就是俯瞰大海。那是一面能映照出真實模樣的鏡子。我第一次往下看的時候，只看見自己的倒影。」她停頓了一下。「我猜這是它真正的意思。」

儘管天色一片烏黑，在滿月的光線下，里歐看到自己的倒影，曾經那個高大、勇敢的男孩。

海洋潛入他的身體，賦予他這趟冒險必需的力氣和能量。海上風暴在遠處肆虐，天空由黑轉藍，再轉變為紫紅色，一道閃電劈開，里歐身體一陣劇烈晃動。他的出發不只是為了找尋一隻消失的鯨魚。他要找到未來他將成為的自己。

CHAPTER

36

搜索範圍

The Search Zone

我不想錯過她。

I don't want to miss her.

黎明破曉，里歐走到甲板上。就是今天。連空氣都不一樣，暴風雨彷彿留下餘韻。不明顯，只是氣氛有了些微變化。

柏奇已經起床，他將浮窺號往南行駛，慢慢關掉引擎。「好，我們到了。」

里歐不知道抵達搜索範圍應該要期待什麼，他環顧四周，看起來跟之前的區域沒有不同。周圍是一片廣闊、毫無波瀾的水域，任何動靜都可能藏於其中，白嘴可能在任何方向。

至少他們努力尋找。

四人分別站在不同的位置。里歐和瑪莉娜在船頭，柏奇站在右舷船舵前，芙蘭堅持在左舷眺望。

「我可能沒幫上什麼，但不能什麼都不做。」她說：「里歐，你要專注聆聽，聽見任何聲音就告訴我們。」

里歐點點頭，嘴巴突然覺得乾渴。鯨魚可能在附近，試圖找到牠們是一回事，在一片汪洋中找出牠們又是另外一回事。

整個早上，柏奇讓船慢慢地來回移動，所有人都仔細凝視水面。

「有聽到什麼嗎？」瑪莉娜一手扶著額頭。

里歐搖搖頭。整個早上都沒有聽到鯨魚的聲音。

「現在還早，晚點一定會出現。」他滿懷希望。

日正當中，他從來沒有這麼認真聆聽過。不只是為了白嘴，也是為了可能出現的任何鯨魚。

但毫無所獲，海面平靜得令人沮喪。

其他人休息用餐時，里歐一人待在船頭。「我不想錯過她。」他絕望地揮手，拒絕午餐。「我必須保持專注。」

然而，隨著時間推移，只要他越努力找尋白嘴，白嘴以外的聲音就越來越響亮。這令人懊惱。海鷗的尖叫聲、海水持續拍打船體的撞擊聲，甚至他自己的呼吸聲，也在胸口不安地刮擦作響。

里歐沒有移動，即使午後又悶又熱，即使薄霧中的大海波光粼粼，即使他渴到舌頭快要黏住上顎。

太陽西沉，逐漸往海面貼近。里歐四肢痠痛不已。他的雙眼刺痛、耳朵也不舒服。但他必須繼續，他必須找到白嘴。

一點用都沒有。他越用力聽，就越聽不見。他的思緒蓋過一切。

「里歐！這樣沒用的。我們需要新的計畫。」芙蘭大喊。

里歐看了平靜海面最後一眼，不情願地加入沮喪到沉默的另外三人。大家都沒有說話，也不需要開口。他能感受到他們的失望。他拉著其他人一起找尋白嘴，結果失敗了。

他讓白嘴失望了。

最重要的是，他讓媽媽失望了。

「你盡力了。」瑪莉娜彷彿讀懂他在想什麼，輕拍他的手臂。「她可能不在這裡？」

「其他區域也沒人看到。」柏奇憂心忡忡看著輕快飄揚的彩虹旗。「起風了。」

瑪莉娜皺眉，父女兩人的表情難以捉摸。里歐不知道該怎麼解讀，但一定不是他喜歡的。

「我們必須繼續。」他懇求。

風浪越來越狂亂，四人不停尋找。里歐無法分辨自己是在船上，或是在岸上？他的嘴唇、皮膚失去海水的氣味，他把過去的自己留在陸地。取而代之另外一人現身，他彷彿穿上一件全新的、堅韌的，來自大海的皮囊。

然而，即便擁有嶄新的決心，大海依舊空無一物，令人氣餒。其他搜索船也沒有看到白嘴。

她在哪裡？

觀察一個多小時，除了友善的海豚、色彩鮮豔的魚群和不斷惡化的天氣，什麼都沒有，柏奇將船停在海上，天空逐漸暗淡。灰濛濛的暮色裡，周圍的一切——包括他們——瀰漫一股不祥的急迫。

芙蘭堅持要里歐吃點什麼，但他咀嚼的樣子就好像三明治是厚紙板做的。瑪莉娜不斷清喉嚨，柏奇手指敲打船舵，最後消失在下層甲板。

里歐一面吞嚥，一面問：「怎麼了？」

瑪莉娜小心翼翼地說：「爸爸說……我們得快點回去。尤其在天氣變得更糟以前。」

「不行！找到白嘴才能回去。我知道她在這裡！」

「可是……可是我們沒找到，你看！」她指向急速聚集的灰雲，以及翻騰不止的海浪。

「不能放棄！不是現在！我們都來到這裡了！」

「我們不能永遠找下去，里歐。」瑪莉娜輕聲說：「尤其這裡什麼也沒有。」

他憤怒地看著她，將剩下的三明治揉成一團，扔進海裡，任由大海吞噬。

柏奇走出船艙，對著他們說：「該回去了，繼續下去太危險。」

里歐想要抗議，但所有的憤怒都被鎖在喉嚨裡，他無法呼吸，強烈的恐慌席捲他的心。

「我們嘗試過了，里歐。我們盡力了。這是最重要的。」柏奇拍拍他的肩膀。

這些話令他想起媽媽，里歐幾乎可以看到媽媽站在一旁。

「再一個小時？**拜託**，一個小時就好？」他懇求。

「我看不出來有什麼意義。我不認為找得到，可見度太低。」

里歐筋疲力盡。不只是身體，他的靈魂也累壞了，累到他想放棄。他的眼皮好重。閉上眼睛的那一刻，他看到的不是一片漆黑，也不是夢境的情節，而是他見過最溫柔、最慈祥的眼神。他在海灣區的這段時間，這個眼神一直凝望著他。這是保護他，讓他在海裡安全無虞的眼神。她不只是一隻灰鯨。她是白嘴。

「讓我試試！」他絕望地喊著：「拜託讓我試著找到她。」

「**怎麼找？**」瑪莉娜緊張地問：「距離太遠了，不然你早就聽見。有什麼不一樣嗎？」

答案浮現，彷彿一直都在。

「因為我還未用心聆聽。」

CHAPTER

37

傾聽

Listening

千真萬確，鯨魚的聲音。

The unmistakable sound of a whale.

里歐閉上雙眼。

一開始，他只聽見噗通噗通的心跳聲，他不知道原來心臟可以跳得這麼快。就算閉上雙眼，他也能感覺到瑪莉娜和柏奇正在看著他，他尷尬地將重心換到另外一隻腳。

他穩住呼吸，用力傾聽。

他聽到一些日常的聲響：船隻引擎低鳴、海浪如鼓聲敲擊、彩虹旗飄揚拍動。接著，他進入更深沉的領域。大多數人從未聆聽過的領域，他們**忘記**怎麼聆聽。

他聽到不只是浮窺號船體嘎吱作響的聲音——聲音帶他追蹤每一片木板，每一棵高聳參天的橡樹，甚至每一吋等待種子萌芽的沃土。

他聽到天空的聲音——雲朵飛馳而過的細語，在他們之上，一整片藍天的神聖靜謐。

他聽到風的聲音——輕撫著他的臉，呢喃來自遠方的訊息。

他聽到大海的聲音——不只是拍打船身的聲響，它呼氣、吐氣，猶如地球之肺。

他聽到海裡的聲音——銀色魚群悠遊，海豚、海龜、鯊魚，他聽見他們在說話，

語氣好奇、友好，更多是畏懼。

他聽到海底的聲音——神祕生物發出人類未曾聽過的喧嚷。

里歐盡可能將自己延伸，來到一個他的心曾經如此遼闊、如此完整、如此真實的地方。

最後，只剩下他、船和地球靈魂的聲音。

里歐發現有件事令人在意。

海洋不僅是接壤所有陸地的水體。不只如此，大海令人敬畏。大海和他一樣呼吸，和他一樣生氣。有時，也和他一樣悲傷。

大海和他不是兩個分開的個體。它是他的**一部分**。

然後，他聽見了——某個奇異、美麗的回音。

千真萬確，鯨魚的聲音。

里歐張開雙眼。外面的世界毫無改變。他的心從未停止跳動、吶喊，展現源源不絕的活力。

「那邊！」他指著遙遠的地平線。「白嘴在那裡！」

柏奇毫不猶豫發動引擎，船在海面急馳。他們航行了十多分鐘，因海浪而顫動，海風吹拂他們的臉。

「那裡！」瑪莉娜大喊：「我看到了！」

她瘋狂指著右舷前方遠處。里歐瞇著眼，一開始什麼都看不見，直到一個灰色的身影逐漸清晰。

一隻鯨魚。

CHAPTER

38

險境

In Trouble

妳願意接受我們的幫助嗎？

Are you going to let us help you?

「有可能不是白嘴。」柏奇謹慎地說：「再靠近一點吧。」

他小心翼翼將船向前推進，額頭焦急出汗。鯨魚大約距離一百公尺。除了偶爾有水柱噴向天空，里歐什麼都沒看見。儘管如此，一股恐怖的感覺在他體內攀爬。他的手緊緊抓著救生衣，惶恐地觀看這一切。

「不太對勁。」瑪莉娜用望遠鏡緊貼著臉，皺眉說：「你看。」

「她被困住了，困在漁網裡。」柏奇看了逐漸變黑的雲。「我們小心一點。」

「天哪！」瑪莉娜驚恐地用手摀住嘴說：「好可憐！」

那裡，在太平洋裡，浮現里歐見過最恐怖的景象。灰鯨側躺，身體被幾公尺粗的藍色繩子緊緊纏繞，無法動彈。更糟的是，她的身體周圍流淌鮮血。

引擎近乎空轉，小船輕輕向鯨魚靠近，只差幾公尺。鯨魚發現有人靠近，微微抬起頭。

是**白色的**。

「里歐！你找到她了！」瑪莉娜哭喊：「是白嘴！」

凝望著她的臉，里歐知道，他這一生，永遠不會忘記這一刻。

她微微向左傾斜，一隻眼睛直直望向他。網球大小的眼睛，望向他心底深處。

「那是什麼？她被什麼綁住？」里歐問。

「藍鋼。」柏奇低聲咒罵：「太糟糕了。漁業粗繩、捕撈螃蟹和龍蝦的漁籠。鯨魚被捲入會有生命危險——這經常發生。牠們被繩索困住，越想脫逃，纏得越緊。」

「我們能救她出來嗎？」里歐懇求。

彷彿聽到他們的聲音，白嘴用鰭拍打水面。柏奇將船開得更近，他們之間只剩下一個手臂的距離。

她的體型是船的三倍大，距離近到里歐能聽到她的呼吸——急促、淺薄、痛苦。突然，他心一沉，轉頭別開視線。這麼龐大的動物承受如此大的痛苦，生命多麼脆弱。

「妳很虛弱對不對，女孩？」白嘴把鰭輕輕放回水裡，柏奇輕柔地問：「妳願意接受我們的幫助嗎？」

「好可憐、好可憐。我們為什麼會讓世界變成這樣？」

各種情緒交織，里歐忘了奶奶也在。她的臉頰漲紅，滿懷怒氣，望著白嘴。

「我們對她做出這種事。」

瑪莉娜靠在船邊伸出雙手，幾乎碰到白嘴，但就差了那麼一點。「沒事的，我們是來幫助妳的。」

「我們需要支援。」芙蘭挺起肩膀，說：「我發無線電呼叫附近船隻。我們有多少時間，柏奇？」

「不多。最多一小時。」柏奇搖搖頭。

「我請他們快一點。」

芙蘭進入底層甲板進行呼叫，瑪莉娜正在對白嘴說悄悄話。她的嗓音沙啞，斷斷續續的。

「沒事的，我們來幫妳了。」她低語呢喃：「我們來救妳了。」

里歐鼓起勇氣再看一眼。白嘴大部分的身體都在水面下，左側腹以上露出水面。仔細看，繩子已經扯掉她好幾處皮膚。

「她沒辦法掙脫嗎？」里歐問。

瑪莉娜搖搖頭，說：「有看到她被綁得多緊？她越是努力掙脫，繩子越是纏得更緊。她虛弱到幾乎無法保持在水面上。除非有我們的幫助，否則她會淹死的。」

「我發出求救訊號，但不知道最近的船要多久才會抵達。希望不會太久。」芙蘭回到甲板，憂心忡忡地看著烏雲。

柏奇打開甲板上的艙口，拿出一個潛水面罩和一支水下手電筒。「瑪莉娜，握緊船舵，讓引擎維持空檔。別讓船靠得太近，懂嗎？」

他二話不說潛入水中，待了好久才浮出水面，拔掉嘴套。「比我擔心的還要嚴重。大約有五個捕蝦籠卡在上面，她的尾巴也被網子套住。」

「幽靈漁具。」瑪莉娜嘀咕。

柏奇離開大海，回到甲板。他搖搖頭。「不知道其他船來不來得及抵達。」

「我們得幫她掙脫！」里歐憤怒大喊：「不能坐在這裡什麼都不做！」

「我同意。但她非常虛弱，我一個人很難解開。」柏奇回應。

「你不是一個人。」瑪莉娜說：「我們都在這裡！」

「瑪莉娜，只有我能下水。」柏奇低語：「她受傷了，她很痛苦。對於野生動物來說很危險，只要撞到她的鰭或尾巴，可能會重傷。」

「她需要我們！我不能坐在這裡**看著！**」瑪莉娜激動地喘不過氣，強忍淚水。

「我也不能！」里歐慌亂地附和。

「還有我。」芙蘭發出最像老師的嗓音說：「但柏奇說的沒錯，我們不能下水。並不代表我們幫不上忙。我會繼續用無線電呼救，堅持要求附近所有船隻都來協助。必要的話我會尖叫。」她暫停一下，目光看向里歐，「很長一段時間以來，我什麼都沒做，也為此深深自責。是時候做一些有意義的事了。」

里歐看著奶奶，無聲的話語在他們之間流動。另外兩位明白現在要保持安靜。無論曾經發生過什麼，都是祖孫倆的事。

芙蘭跪下來摟住里歐的肩膀。她的臉上帶有一種赤裸的表情，那是里歐從未見過的，令人焦躁不安。

「里歐……我好怕我已經讓你失望太久。不只你，還有你媽媽。我不知道你是否會原諒，這次我不會讓你失望。」她深吸一口氣，接著說：「我們會盡一切努力拯救你的鯨魚。我保證。海洋的承諾。」

接著，她將里歐拉向自己，整張臉皺了起來。經過一個最深刻的擁抱，她的表情變得平靜而祥和。

「你希望我做什麼？」里歐問。

「你，年輕人，幫助白嘴活下去。」

CHAPTER

39

救援

Rescue

他不能失去她！不可以！

He couldn't lose her! He just couldn't.

柏奇說得很清楚，只有他能下水。里歐鬆了口氣。在昏暗的天空下，大海比他知道的任何地方都來得漆黑深邃。

「瑪莉娜，站在船邊，聽到我的指示就把切割用具遞過來。里歐，你的任務是確保浮窺號不會距離白嘴太近。要是那樣，你就把它轉過來，像這樣，懂了嗎？然後往前移動。」

里歐點頭，希望柏奇沒發現他的手抖得多厲害。

「芙蘭負責無線電，船隻靠近會讓我們知道。我們沒辦法獨自完成救援。」柏奇打開一個木箱，拿出切割用具、一把刀和更多設備。他把切割用具遞給瑪莉娜，「我先切斷纏住她身體的繩子。然後我會浮上來，妳再給我刀子移除龍蝦籠。希望這個時候，有其他船抵達，我們就能解開她尾巴上的網。準備好了嗎？」

柏奇輪流看向每個人，一個接一個，所有人朝他豎起大拇指，接著他迅速潛入海中。

從現在起，這裡彷彿是一間手術室。柏奇浮上來，指示瑪莉娜給他工具，她熟練地遞給他正確的刀具。

里歐可以感覺到柏奇、瑪莉娜，奶奶在甲板底下喊著指示、向附近船隻發送座標，而他則將注意力牢牢集中在白嘴身上。

距離好近，他可以看到她側臉的藤壺、灰色的皮膚，一隻眼睛眨也不眨地注視著他。這隻眼睛充滿悲傷、失望和痛苦。

「很抱歉，白嘴。」里歐呢喃：「我對一切感到抱歉。」

柏奇浮上來，吸了好大口一氣。「她被綁得太緊了！有任何船隻嗎？」

里歐搖搖頭，看著柏奇再度消失在海中。他不知道究竟過了多久。柏奇消失、出現、消失、出現，次數已經數不清。這段時間里歐讓船保持平穩，並且凝視白嘴的眼睛。

他注意到那隻眼睛產生變化。起初，他以為是雲層使海水變暗，呈現猶如灰色金屬的光澤感。但不是雲的關係。

「**白嘴？**」他低聲呼喚。

那隻眼睛似乎還在看著他，但不再警覺，而是更多的晦暗、遙遠、靜止。

「**白嘴？**」里歐呼喊：「**白嘴！**」

他的胸口纏繞緊繃僵硬的感覺，無形中一隻冰涼的手包覆他的心。

「我們就要失去她了！」他絕望地大吼，一艘船終於出現於地平線。一艘和浮窺號差不多大的船，船身寫著「**海洋救援隊**」。

「謝天謝地。」芙蘭回到甲板上。「柏奇一個人無法再做更多。」

那艘船停在白嘴的另一邊。甲板上有兩名潛水員，他們身上是專業的潛水裝備。

「我盡力了！」柏奇大喊：「但尾巴幾乎被纏住！」

潛水員潛入海裡，加入柏奇，里歐再次焦慮地看向白嘴。她的眼睛快要閉上，快要看不清楚這個世界。

漸漸地、漸漸地、漸漸地閉上。

「**不要！**」

他不能失去她！不可以！

有個東西像閃電一樣流經他的血管。白嘴一動也不動地躺著，呼吸速度好緩慢，他分不清她是在這個世界還是另一個。

這一刻，里歐知道他該如何拯救白嘴。

CHAPTER

40

拯救白嘴

Saving White Beak

他明白他們之間其實沒有任何差異。

Knowing that there was no difference between them really.

里歐不在乎水多深。他不在乎危險。他放開船舵，大步走向船邊，不假思索跳進海裡。

他全身被海浪淹沒，那是深不見底的闇黑世界。在那恐怖的一秒鐘，他心想自己就要無限下沉，但救生衣即時將他帶回海面，他喘氣，不停咳嗽。

他隱約意識到柏奇已經回到浮窺號，指示瑪莉娜握住舵輪、穩定船隻。奶奶在大喊，但聲音聽起來模糊不清。柏奇拿了上次將里歐拉出海裡的竿子。「抓住這個！那裡太危險了！」

「不！」里歐大喊：「我要待在這！」

他轉身背對。現在他和白嘴面對面。

「白嘴。」他輕語。

出於純粹本能，他用雙臂托住白嘴的頭部，臉靠著臉，而他們眼睛對看。透過指尖，他能感覺到白嘴的生命正在一點一滴地流逝。

「不要！」他低語：「**拜託**不要！」

他們之間沒有距離。他的臉頰觸碰得到沒有附著藤壺的柔軟肌膚，他聞得到她呼吸中油膩的鹽味，他聽得到她心跳微弱的轟隆聲。里歐心跳的速度跟著變慢，他身體的一部分不再是男孩，而是鯨魚。

「我一直都很害怕。關於媽媽，關於未來，關於一切。後來我找到妳。妳一直在保護我，不是嗎？妳一直照顧我。現在，輪到我來照顧妳。」

他緊緊抱著她。

「我知道我沒辦法讓媽媽好起來。我一直都知道，但我必須**嘗試**。我得做些什麼，妳懂的，對不對？妳明白我無法袖手旁觀吧？」

白嘴沒有移動。不知為何，里歐心底知道白嘴正在聆聽。

「白嘴？我知道妳聽得見。就像我聽得見妳一樣。我不知道是怎麼辦到的，這是我擁有最棒的天賦。」里歐喃喃自語：「我可能沒辦法讓媽媽好起來，但我**可以**為妳做點什麼。不只是妳，還有**全部**的灰鯨。有些戰場不是妳該面對的。還有其他戰場……其他我們應該試著付諸行動的戰場。」

他將臉頰從白嘴的皮膚上移開，哽咽著。

「妳是世界上最令人讚嘆的動物。抱歉沒有把妳照顧得更好。但我保證，我們會傾盡全力拯救妳。」

「怎麼回事？」里歐沒發現瑪莉娜靠在船邊，臉色蒼白焦慮，海水或是其他的東西浸濕了她的臉。「她**死了**嗎？」瑪莉娜問。

里歐搖搖頭，將注意力轉回到白嘴。他深情捧著她的臉——盡可能捧著。「我愛妳。」他低語傾訴：「就像媽媽愛妳一樣。甚至遇見妳之前我就愛上妳了，我會永遠愛著。不只我，還有大家……所以拜託……拜託別離開我們。不是現在。」

好長一段時間，一切靜止，包含天空中的雲朵。

白嘴的眼瞼微顫，露出微小的縫隙，慢慢張開眼睛。里歐感覺到他們之間像有一股電流在穿梭，深刻、令人顫動。白嘴好像因此震醒。

她的眼睛睜得更大。不再混濁，而是充滿警覺。

他從中看見她的智慧、她的良善、她的憐憫，以及她的一切——如此鮮明。

白嘴注視著他，里歐也回望著她。他明白他們之間其實沒有任何差異。如同人與動物之間沒有任何區別。

絕對沒有。

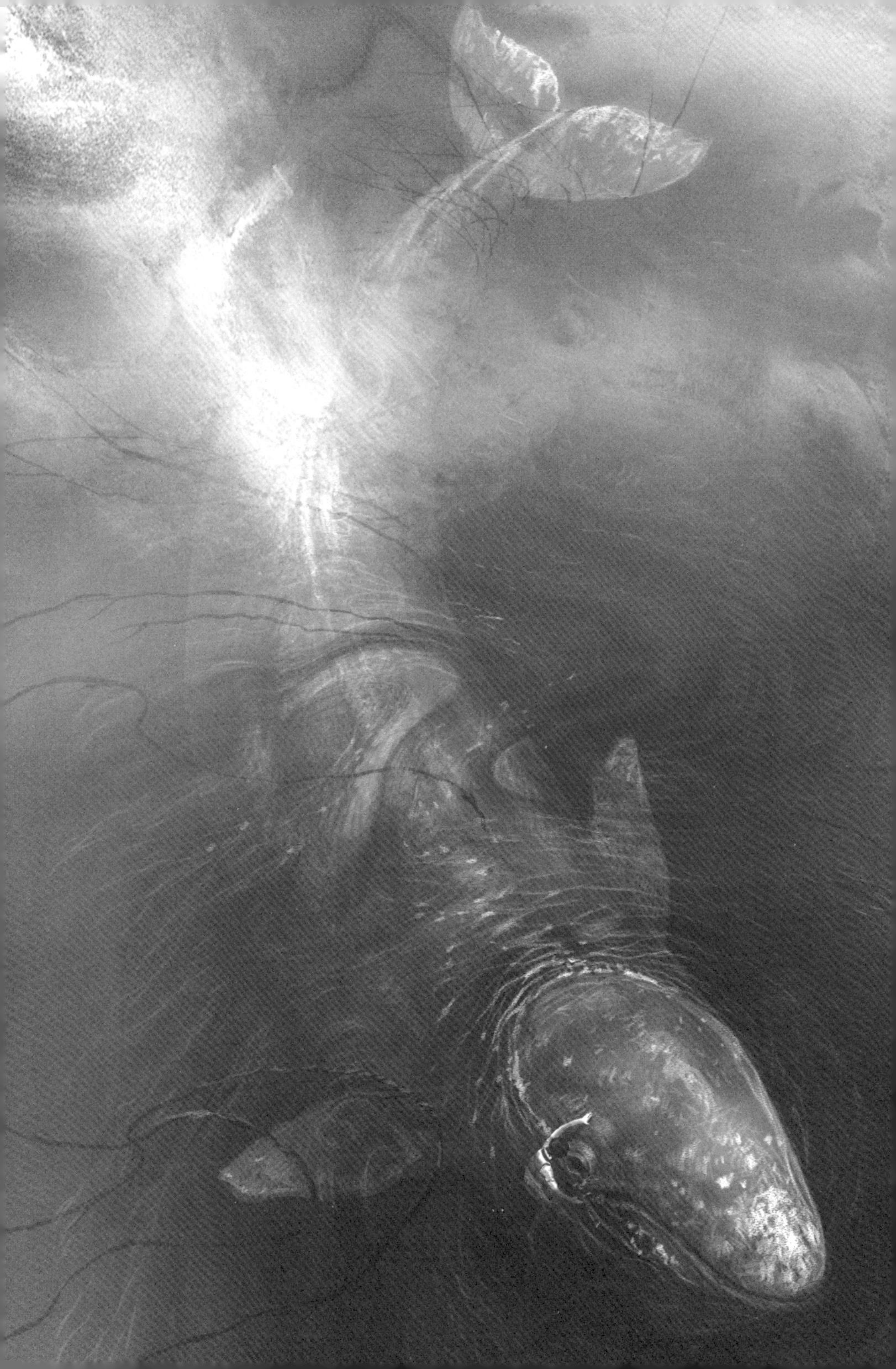

他輕捧著她的臉，潛水員衝出水面，歡欣大喊：「我們解開尾巴了！」

「她在動！快離開海裡！現在！」柏奇伸出竿子。

「不！」里歐堅定地說：「我要待在這。」

柏奇搖搖頭。里歐知道白嘴不會傷害他。

白嘴顫動著，用吻尖輕碰里歐。

「她在跟你說話！」瑪莉娜大喊。

白嘴再次戳戳他。里歐伸出雙手擁抱她，將臉頰倚靠在她柔軟的臉上，如此一來他們的眼睛又在同一個高度了。看著她的眼，里歐能看進她的靈魂，甚至更深的地方。那是他見過最美麗的靈魂。

「妳在說謝謝，對吧？因為我們讓妳重獲自由？妳不需要這麼做。是妳救了我，不是我救了妳。」

說這句話的時候，鯨魚輕輕動了一下。

「我永遠不會忘記妳。」里歐親吻她。「在我有生之年。」

同時，一束巨大的水柱從噴氣孔噴出，沾染她呼吸的油脂——這是世界上最大、最亮、最壯麗的心型彩虹。

白嘴慢慢抽離，依依不捨地看了最後一眼，轉身游向遠方。

CHAPTER

41

海洋的承諾

Ocean's Promise

但她不是唯一一隻陷入險境的鯨魚，對吧？

But she's not the only whale in trouble, is she?

浮窺號在原地待了大約一個多小時，足以讓船員幫助海上救援隊將藍鋼、蝦籠和漁網從海裡移除，不再讓海洋動物受困。

顯然這是他們經常做的事情——解救鯨魚、海豚、鼠海豚、海龜，這些動物經常被幽靈漁具或是漁業廢棄物纏住。他們巡邏海面，盡可能清除危害野生動物的大型垃圾或塑膠碎片。

全部清完後，潛水員謝謝浮窺號的每一位成員，隨後接到另一通電話，距離海岸約二十英里處，有一隻海豚被漁網困住。現在，船上只剩他們四人。

「那麼。」芙蘭開口，神情明顯不安。「你們可能很高興可以繼續待在海上，但我真的非常想要回到陸地。準備返航了嗎？」

浮窺號疾速前進。強勁的風勢幫助她在隔日清晨以前乘風破浪回到海灣區。柏奇讓船輕輕駛過港口，在碼頭停泊。有別於外海的寂靜，岸邊再次傳來震耳欲聾的喧囂聲。

四人沒有立即下船，而是安靜地坐在甲板上，陷入沉思。里歐遠望大海，海洋彷彿向他致上最後的敬意。

「她會沒事的，對吧？」

「她會疼痛一段時間。希望她會痊癒，找到安全前往潟湖的路。」柏奇轉向他，「你做了一件非常勇敢的事。愚蠢、危險，但也非常勇敢。」

「噢！爸爸！是**不可思議**。」瑪莉娜難以置信地說：「他拯救了一隻鯨魚！」

「這是我的孫子。」芙蘭驕傲地一手摟住里歐。

「她可能會死掉，對嗎？」里歐靠在奶奶懷裡。「如果我們沒有即時找到她，幫她割開繩索。」

柏奇點點頭，說：「她只剩下幾分鐘。尋找她是正確的決定。里歐，抱歉我花了那麼久時間才同意。」

里歐聳聳肩，不只是柏奇的問題。世界各地很多大人似乎都在等待適當時機做正確的事。許多人太晚行動，其他鯨魚觀察員也一樣，至少柏奇做出行動。有時候你能做的就是努力嘗試。

里歐無法讓媽媽好轉。無論做多少都不夠。現在他明白了。心裡的網終於解開，他或許可以做別的。有些事情——如果不算更重要——也是同樣地重要。這次他不是獨自一人。

「但她不是唯一一隻陷入險境的鯨魚，對吧？」他說：「她不是唯一需要救援的鯨魚。每年有成千上百隻鯨魚被人類殺害。」

「你的意思是？」瑪莉娜的眼睛睜得好大。

里歐將手臂伸向前方一片蔚藍。

「還有一整片海洋等待救援。我們才正要開始。」

結語

入境

Arrival

媽媽和孩子，在一起。

A mother and her child, together.

入境大廳嘈雜繁忙，機場總是如此。里歐幾乎沒有意識到噪音。站在奶奶身旁的他，盯著電子佈告欄。

「上面有什麼？」她不耐煩地問：「我把那副該死的眼鏡忘在車上。」

「還是一樣……不對……變了！她落地了！」他好興奮，心臟差點跳出胸口。「她到了！」

奶奶緊緊摟著他。過去兩個月，自從救了白嘴以後，她擁抱的技巧好多了。不只是擁抱，說話、聆聽，還有其他作為祖母的一切也進步了，幫助他融入當地的學校、融入與瑪莉娜相同的班級。

經過討論，大家一致認同里歐應該留在加州。母親康復後，她會飛過來和他們一起生活。如果她願意的話，可以加入洛杉磯管弦樂團；如果她不想，也有家人在身邊，讓她擁有發自內心的微笑。

決定之後，里歐和奶奶花了一整個週末重新裝修媽媽的房間，當里歐不小心把油漆灑在地板上，她沒有發牢騷，甚至開懷大笑。這幾天她笑個不停，是里歐聽過最棒的聲音之一。

另一個是灰鯨的聲音。

知道海灣區是他的新家以後，等到最後一個煩惱解除，里歐就可以真正開始重新生活。不再是從前那樣的生活，是**全新**的生活。

他的日常充滿上學、冰淇淋和各種活動——所有十一歲孩子平常該做的事。日子充滿各種冒險：搭乘浮窺號旅行，乘著她劃過水面。

不只是觀察、計數，也有**救援**。

一次一隻鯨魚。

里歐不耐煩地轉換雙腿之間的重心，他的手機響起來自「快樂鯨魚」網站的通知。是瑪莉娜幫忙設定的，只要有人看到白嘴，或是上傳白嘴的照片，他就會接到訊息。

里歐打開手機，驚呼一聲：「奶奶！**妳看！**」

她靠過來看著手機，說：「這是

「……？」

螢幕上是白嘴在潟湖的照片。她看起來健康、快樂。不只如此，在她身旁是一隻灰鯨寶寶。媽媽和孩子，在一起。

「有人看到了。」奶奶悠悠地說：「她辦到了。」

這一刻，里歐的心不只是笑，還開心得翻了個跟斗。眼前一面遲疑、一面走進入境大廳的是他最熟悉的人。圍著孔雀藍色絲巾，左手提著琴盒，她專心掃視人群，最後將目光停在里歐。

「**媽媽！**」

里歐向前跑去，雙手在空中揮舞，投入母親的懷抱。

作者的話

鯨魚總令我著迷不已。可能是二十多歲的時候，我和最好的朋友一起去墨西哥，看到第一頭灰鯨。只是一閃而過，隱約可見的尾巴和長長的噴氣水柱。

經過數年，在新冠肺炎肆虐之前，我和丈夫一起回到墨西哥的下加利福尼亞州，這次，特別為了本書做田野調查。我們前往淺水潟湖，在小船上度過足以改變人生的四天。我們看到了數百隻灰鯨——壯觀的飛躍、距離僅數公尺的浮窺。其中最美的是彩虹心型噴氣，懸浮在牠們的呼吸中。

我們看到了公鯨、母鯨，還有鯨魚寶寶。有些在小船旁待了很長的時間，似乎對我們很感興趣，如同我們為之著迷。我永遠不會忘記某個片刻，那是一頭灰鯨在水下凝望我的景象。她的目光如此注視著我。如果你從未見過鯨魚，希望我的小說有為你捕捉到牠們的魔幻和壯麗。

灰鯨被人稱為「友善的動物」，這點深深觸動了我。儘管曾被獵殺、列為瀕危物種至少兩次，但牠們依舊對人類充滿好奇，常常想和我們一起玩耍。

不幸的是，我在旅途中了解到一個悲傷的事實，其中之一是灰鯨正在陷入多重的困境。和許多海洋動物一樣，牠們首當其衝受到海水溫度上升、塑膠污染、過度捕撈、近海石油和天然氣開發、船舶碰撞，以及人類近乎蓄意破壞自然等，無法計數的危害。這真的是個諷刺！因為鯨魚是地球最棒的保衛者之一，你甚至可能聽過，牠們被稱為「流動的樹」。根據國際貨幣基金組織的數據，鯨魚獲取並儲存相當於數千棵樹的碳匯。因此，盡我們所能保護牠們，真真切切地符合人類的最大利益！

雖然因為情節編排的緣故，我在故事中加入一些虛構與想像，尤其是灰鯨遷徙的確切時間，但《消失的灰鯨》提到的「快樂鯨魚」網站確實存在！成千上萬的人，比如你和我，確實提供他們目擊的資料。然後，科學家和海洋生物學家使用這些數據，監測氣候變遷和人類行為對海洋的影響。正如柏奇所說，知識帶來改變的力量。

如果你的居住地離海洋很遙遠，好消息是你不僅可以透過網站計算鯨魚，更能利用各種觀察方法，計算鳥類、蝴蝶、蜜蜂、蝙蝠、昆蟲，甚至蕈類！無論你住在世界的哪個角落，無論是城市、鄉村或海邊，都可以成為這個星球的超級英雄。你可以查看當地的公民科學資訊，並參與其中。這是你會想和家人、朋友或同學一起做的事情。海洋的承諾，我保證你就和里歐、瑪莉娜一樣，觀察野生動物，成為公民科學家，會是一件非常有趣且有益的事情！

事實上，生活在大自然是我最大的樂趣之一。這本書主要是在新冠肺炎疫情期間撰寫，它確實讓我懂得欣賞外面的世界以及所賦予的一切。對我來說，全世界我最喜歡的地方就是大海。它總是對我產生巨大的吸引力，每當我需要振奮的時候，海邊是我第一個去的地方。

真希望我年輕時就知道這一點。在我十八歲時，一位親近的親人陷入嚴重的精神疾病。我至今仍清楚記得，面對突如其來的變故，當時的我有多害怕。那時，雖然身邊有提供支持和關懷的資源，但我尚未有機會意識到，大自然如何地療癒人心。

因此，在《消失的灰鯨》裡，我試圖想像一種情況：與我的真實經歷不同，里歐沒有人能保護他，讓他免於遭受最壞的影響，所有的責任都落在他一個人小小的肩膀上。幸運的是，他發現了他與海洋的連繫，並意識到大自然是最好的療癒方法之一。儘管他可能無法拯救母親，但在某種程度上，他最終拯救了自己。

眾所周知，身處自然可以改善我們的心理健康，即使只是在戶外待個幾分鐘。真正有趣的是，我們越熱愛、越欣賞某樣東西，就越有可能盡最大努力保護它。

最後一點，拯救世界的重擔，有時候會悄悄落在年輕的心上。在拜訪學校的經驗中，我遇到了和你一樣優秀的孩子，他們非常關注自然環境，有時對地球上正在發生的事感到畏懼。我希望，你能透過里歐的故事，看見自己的天賦，與其他志同道合的朋友攜手合作。我們可以改變周遭，也可以改變自己的心。

送上愛與心型希望，

漢娜 x

參考資源與延伸閱讀

以下是我研究灰鯨時閱覽的參考資源，你可能會感興趣。

「快樂鯨魚」網站

真實的「快樂鯨魚」網站和小說的版本有點不同，但目標完全相同。透過鼓勵人們成為公民科學家，上傳他們目擊的鯨魚，可以使更多人深入瞭解海洋。更重要的，可以更有效保護海洋的世界。

灰鯨遷徙路徑

網頁上的互動地圖，包含所有東太平洋海岸線的觀測點，可即時顯示灰鯨往返遷徙路線。小說虛構的海灣區小鎮，位於六號和七號中繼站之間。

https://www.journeynorth.org/tm/gwhaleMigrationRoute_Map.html

世界自然基金會（World Wide Fund for Nature, WWF）

在這裡可以閱讀更多有關灰鯨的資訊，觀看灰鯨在墨西哥潟湖的影片。

https://www.worldwildlife.org/species/gray-whale

作者漢娜．戈德個人網站

如果你想了解我的賞鯨之旅，我在網站上分享了一些照片和影片。請原諒那些激動的尖叫聲！

https://www.hannahgold.world/

《目擊事件：灰鯨的神祕旅程》（暫譯）。布蘭達．彼得森與琳達．霍根合著

這本書精彩講述灰鯨的歷史和棲地。這也是「白嘴」以及里歐能聽見灰鯨聲音的起源。我在墨西哥停留期間閱讀這本書，它是小說主要的靈感來源。

心理健康資源

根據「英國心理健康急救中心」的數據，英國四分之一的人口面臨心理健康問題，如同里歐的媽媽。有些問題可能非常嚴重，需要持續的藥物治療或甚至住院。有些溫和許多，在旁人眼中幾乎無法察覺。

如果，你或你身邊的人也是其中之一，要知道你並不孤單。感到不知所措、悲傷、害怕或焦慮是很自然的，都是很普遍的情緒。如果這些情緒帶來的感覺太過強烈，那麼只要試著和關心你的人傾訴，就能讓一切變得不同。

如果你需要更多協助，可以在以下幾個地方尋求支援。

BBC有一些關於心理健康的影片和文章。搜尋關鍵字 Bitesize。

年輕心靈（Young Minds）是一間總部位於英國的慈善機構，旨在支持認為自己可能患有心理健康問題的年輕人。

https://www.youngminds.org.uk/

孩童專線（Childline）是專為英國境內十九歲以下青少年提供的免費電話服務，幫助你解決問題。你可以打電話、發電子郵件或線上聊天。

https://www.childline.org.uk/

致謝

這本書主要撰寫於新冠肺炎封城期間，那是一趟真正的「發現之旅」。有時候我就像白嘴一樣迷失。與野生動物如此類似，故事不會總是按照我的想像進行。

因此，非常感謝我出色的編輯赫里葉特．威爾森，以及艾莉卡．蘇斯曼。他們幫助我找到安全前往潟湖的路，感謝他們堅守本書的核心信念，感謝他們將《消失的灰鯨》變成令我非常自豪的作品。妳們是最善良、優秀、慷慨的女性，妳們的加入讓我非常感激。

一本書從來都不是一個人的成果，我對英國哈潑柯林斯兒童圖書出版團隊的謝意，永遠都不夠！感謝你們為北極熊、為灰鯨所做的一切。你們讓我的書如此美麗，令我驚嘆不已。感謝安—珍妮．默塔、尼克．萊克、瓦爾．布雷思韋特、亞歷克斯．考恩、喬—安娜．帕金森、卡拉．阿隆茲、維多利亞．布德爾、克斯蒂．布拉伯里、傑拉丁．斯特勞德、艾洛琳．格蘭特、凱特．克拉克、漢娜．馬歇爾、賈斯米特．菲夫、黛博拉．威爾頓、妮可．林哈特－里奇、珍．泰特、瑪麗．奧賴爾登、莎拉．霍爾、勞爾．吉斯曼斯，以及莎曼珊．史都華。感謝露西．羅傑斯跳上這艘船，並與它一同航行到嶄新的水域。感謝美國哈潑兒童出版社的團隊，感謝你們在大西洋彼岸所做的一切努力。

特別感謝我的公關蒂娜．莫里斯，她耐心回答我不斷提出的問題，在幕後辛勤工作，提出各種天馬行空的想法。

列文．平弗德是一位天才，擁有無限的創作天賦。你的插畫將我的文字昇華為獨特而美麗的作品，封面上有你的名字，讓我感到非常自豪。

我敬畏我那傑出的經紀人克萊爾．威爾森。她不只才華洋溢（代操各種神祕的事！），更是熱心和善良的化身。當我需要妳的時候，妳一直都在，這對我來說非常重要。此外，也要感謝莎菲．艾兒－鳴哈比。

《最後的北極熊》讓我有機會向所有出色的書評、圖書館員、作者、文學活動策劃人和書店表達感謝，他們讓我的出道作如此精彩。本書在疫情最嚴重的時候出版，在你們的協助下，我的小熊展翅高飛。為此我永遠欠你們一份情。

每一間獨立書店都很棒，我必須特別感謝布里格「兔子洞書店」的尼克和梅爾、「仙境書店」的海倫、特林「我們書店」的班和艾莉森，以及彼得伯勒「水石書店」的所有人。

此外，特別感謝世界各地的老師，為了支持新作家，為了現在與未來營造閱讀樂趣所做的一切。

你們是無價的，我希望你知道這一點。我不能單獨感謝任何一個人（可能會失禮），但我希望你們知道，你們對我來說有多重要。

在校閱本書草稿時，我要感謝莎朗．霍普伍德、波莉．克羅斯比、卡莉．索羅西亞克和艾莉森．邦德，閱讀初稿，提供溫和的鼓勵和指導。

我的潟湖之旅將永遠陪伴著我。我要向我的鯨魚——班、朱莉安、斯圖爾特和露西表示敬意，感謝他們分享一生難忘的經歷。有一天，我們會滿懷喜悅地回到那裡。我要向雪倫、芭芭拉、傑克森、露絲蒂以及麗莎，獻上「鯨魚式揮手」，感謝你們寄給我「快樂鯨魚」的詳細資料。感謝賈斯珀家族，我借用了里歐和瑪莉娜這兩個名字。感謝奧蘭多、安德里亞和厄爾尼，你們讓墨西哥假期如此特別。我們永遠愛洛雷托！

非常感謝所有盡最大努力照顧和保護海洋的守護者，感謝太平洋沿岸和世界各地的鯨魚調查員。我向你們的付出、你們的承諾和熱情致敬。這本書獻給你們。

我要擁抱我的朋友、家人和永遠支持我的父母。在過去一年的時間裡，我們共同享受每一刻的相聚時光。感謝你們對我、對小熊，對灰鯨一直以來的支持！

當然了，還有我的丈夫克里斯，他是我最大的粉絲和啦啦隊長。在人生冒險旅途中，他始終陪伴在我身邊。你一直是最棒的。海洋第一，你第二。

最後也是最重要的，感謝我親愛的讀者——我對你們的評論、你們的吶喊、你們的來信和你們的愛，滿懷感激。你們的熱情真誠觸動了我的心，讓我的生活變得更加多采多姿。希望你們喜歡白嘴、里歐和瑪莉娜的故事，將他們珍藏在心底。

如果你在野外看到灰鯨……記得留意彩虹！

特別收錄：致繁體中文版讀者

我在二十多歲的時候看到第一頭灰鯨，這些溫和的海中巨人讓我著迷不已。數年後，我重回墨西哥的下加利福尼亞州，為了本書研究調查灰鯨。我們前往遙遠的潟湖，在受保護的海域中度過改變人生的四天。

灰鯨，與許多的海洋動物一樣，正遭受海水溫度上升、塑膠污染、過度捕撈，以及其他出自人類的破壞。即便如此，灰鯨依然對人類感到好奇，經常想和人們互動。牠們被稱為「友善的」鯨魚並非偶然。

在調查的過程中，我們看見上百頭鯨魚。我永遠不會忘記有一次，一頭灰鯨在水下與我對望。她的眼神直視著我，使我深信，她正在和我分享一段故事，一個與求生、與困境、與愛有關的故事；一個只存在於人類與野生動物之間，從大自然獲得療癒的故事。

至今，海洋帶給我力量與活力，更是我靈感與喜悅的泉源，《消失的灰鯨》正是一道連結自然與人類福祉的橋樑。

我在出道作《最後的北極熊》問世後，曾拜訪世界各地的學校，親眼見證兒童與青少年置身投入於氣候變遷等議題。世上許多正在發生的事，令人感到憂心，而我期許《消失的灰鯨》能讓人明白我們可以付出的比想像得更多。當我們與志同道合的朋友攜手合作，我們可以改變周遭，也可以改變自己的心。

能和你分享里歐與白嘴的冒險故事，我感到非常榮幸。

explorer OO1

消失的灰鯨 THE LOST WHALE

作　　者　漢娜・戈德 Hannah Gold
繪　　者　列文・平弗德 Levi Pinfold
譯　　者　蕭季瑄
副總編輯　林祐萱
責任編輯　陳美璇
美術設計　劉醇涵
排　　版　唯翔工作室

國家圖書館出版品預行編目

消失的灰鯨 / 漢娜·戈德 (Hannah Gold) 作；蕭季瑄譯 . -- 初版 . -- 臺北市：有樂文創事業有限公司出版；新北市：遠足文化事業股份有限公司發行 , 2024.07
面；　公分 . -- (explorer；1)
譯自：The lost whale
ISBN　978-626-98305-6-5(平裝)
873.59　　113009108

出　　版　有樂文創事業有限公司
地　　址　104 臺北市中山區中山北路 3 段 36 巷 10 號 4 樓
網　　址　www.facebook.com/ule.delight
電子信箱　ule.delight@gmail.com
電　　話　(02) 2516-6892
傳　　真　(02) 2516-6891

發　　行　遠足文化事業股份有限公司（讀書共和國出版集團）
地　　址　231 新北市新店區民權路 108-2 號 9 樓
電　　話　(02) 2218-1417
傳　　真　(02) 2218-1142
電子信箱　service@bookrep.com.tw
郵政帳號　19504465（戶名：遠足文化事業股份有限公司）
客服專線　0800-221-029
網　　址　www.bookrep.com.tw

法律顧問　華洋法律事務所 蘇文生律師
印　　製　通南彩色印刷股份有限公司

定　　價　新台幣 380 元
初版一刷　2024 年 7 月